影目付仕置帳

武士《もののふ》に候

鳥羽 亮

幻冬舎時代小説文庫

影目付仕置帳　武士《もののふ》に候

目次

大川端は夕闇《ゆうやみ》につつまれていた。大川にかかる新大橋の橋脚が濃い暮色のなかに黒く浮き上がったように見えている。

大川の川面に船影はなかった。黒ずんだ川面が遠く江戸湊《みなと》まで渺茫《びょうぼう》とひろがっている。風があった。川端の柳がザワザワと揺れ騒いでいる。

戸暮豊之助《とぐれとよのすけ》は大川端の道を日本橋方面にむかって足早に歩いていた。羽織袴《はかま》姿で二刀を帯びている。ときおり腰の刀に左手を添え、振り返って見ていた。背後を気にしているようである。

……気のせいか。

戸暮は胸の内でつぶやいた。

薬研堀《やげんぼり》を過ぎたあたりで何気なく背後を振り返ったとき、武士体《てい》の大柄な男がひとり、町家の軒先ちかくを足早に歩いてくる姿を目にしたのだ。

半町ほど後方だったろうか。暮色のなかにぼんやりと武士の輪郭が見えただけで、顔もはっきりしなかったが、すこし前屈《まえかが》みで足早に歩く姿に緊張と殺気があるような気がしたのだ。

その人影が消えていた。夕闇が辺りをつつみ、道の左右には川端の柳の樹影と武家屋敷の築地塀《ついじべい》がつづいている。

戸暮は安堵《あんど》し、すこし歩調をゆるめた。新大橋がすぐ目の前に見えてきた。辺りはひっそりとして人影はない。左手は大川、右手は大名の下屋敷である。

……だれかいる！

ギョッ、として、戸暮は足をとめた。

その築地塀のとぎれた角に、人影が見えた。それもすぐ近くである。人影は、ゆっくりとした歩調で通りへ出てきた。中背の武士である。背後にいた男ではないようだ。

小袖《こそで》に袴姿だった。袴の股《もも》だちを取っている。底びかりする双眸《そうぼう》に殺気があった。

「刺客か！」

声を上げざま、戸暮は反転した。逃げようとしたのである。

が、その足がすぐにとまった。

前方にもいた。背後で見かけた大柄な武士体の男である。刀の鍔元《つばもと》に左手を添え、疾走してくる。塀沿いの闇溜《だ》まりに身を隠して尾《つ》けてきたのか、それとも脇道を来たのか。いずれにしろ挟み撃ちにするつもりで仕掛けてきたようだ。

「お、おのれ！」

戸暮は抜刀した。

きびすを返し、後ろからの男に立ち向かおうとした。

中背で痩身、顎《あご》のとがった目の細い男だった。青眼《せいがん》に構え、素早い足さばきで間をつめてくる。両肩が下がり、腰が据わっていた。剣尖《けんせん》に、そのまま突いてくるような威圧があった。剣の手練《てだれ》である。

「うぬら、何者だ！」

戸暮は声高に誰何《すいか》した。

だが、対峙《たいじ》した男は無言だった。青眼に構えたまま、間合をつめてくる。背後の足音も、間近に聞こえてきた。

異様な殺気が前後から迫ってくる。戸暮の顔が恐怖にゆがんだ。腰が浮き、剣尖が笑うように震えている。

中背の男が一足一刀の間境《まざかい》に迫ったとき、ふいに剣尖が下がり、戸暮の目に、中背の男の体がちいさくなったように見えた。誘いだった。剣尖をそらし、戸暮に斬《き》り込む隙《すき》をみせたのである。

その誘いに戸暮が乗り、ヤアアッ！　と甲走《かんばし》った声を上げて斬り込んだ。

フッ、と中背の男の姿が戸暮の視界から消えた。

次の瞬間、首筋に焼き鏝《ごて》を当てられたような衝撃がはしり、熱い飛沫《しぶき》が噴き出した。

……血だ！

そう感じたのが、戸暮の最後の意識だった。

第一章　辻斬り

1

寒月が出ていた。ヒュウ、ヒュウと寒風が大通りを吹き抜けていく。砂埃《すなぼこり》がたち、軒先を吹きぬける風音や看板を揺らす音がひびいていた。

日本橋室町。呉服屋、太物《ふともの》問屋、薬種問屋などの大店《おおだな》が通りの左右に並んでいた。どの店も二階建ての土蔵造りで、大店らしい豪壮な店構えである。

四ツ（午後十時）ごろだった。通りに人影はなく、各店は大戸をしめて夜陰のなかに沈んでいた。

男がひとり神田方面から歩いてきた。手ぬぐいで頬《ほ》っかむりしている。縞柄《しまがら》の着物を尻っ端折《ぱしょ》りし、股引に草履履き、腰に脇差《わきざし》を帯びていた。町人体だが、腰の脇差が奇異に見えた。

その大通りを、男は風に逆らうように前屈みになりながら歩き、一軒の土蔵造りの店舗の軒先に身を寄せた。店の名は、山城屋《やましろや》。江戸でも名の知れた呉服屋の大店である。

男はしめきった大戸の脇のくぐり戸の前に立ち、ちいさく戸をたたいた。

いっときすると、くぐり戸があき、手代ふうの男が首を覗《のぞ》かせ、

「これで、ございます」

と小声で言って、手にした風呂敷包みを男に手渡した。

男は無言で風呂敷包みを受け取ると、足早に神田方面に歩きだした。

手代ふうの男は去っていく男の背を見送ると、首をひっ込めてくぐり戸をしめた。

その様子を山城屋の斜《はす》向かいの店舗の陰から見ている人影がふたつあった。ふたりとも武士である。ひとりは中背で痩身、もうひとりは大柄だった。いずれも羽織袴姿で二刀を帯びていた。

ふたりの武士は町人体の男を尾け始めた。武士は大店の軒下闇をたどりながら、尾けていく。

前を行く町人体の男は風呂敷包みを大事そうにかかえ、神田鍋町、須田町と過ぎ、八ツ小路へ出ると、右手にまがった。神田川沿いの柳原通りである。

左手は柳の植えられた土手で、右手は小体《こてい》な裏店や床店のような古着屋が並んでいた。どの店も表戸をしめ、洩《も》れてくる灯《ひ》もない。ふだんは人通りの多い通りだが、いまは人影もなく夜の帳《とばり》につつまれている。

強風に土手の柳の枝葉が激しく揺れ、足元から砂埃が立っていた。風音だけが、耳を聾《ろう》す

るほどに聞こえてくる。

「行け」

中背の武士が命じた。

すると、大柄な武士は無言でうなずき、右手の路地に駆け込んだ。中背の武士もすこし足を速めて、前を行く町人体の男との間をつめていく。足音は風音に消されてまったく聞こえない。

町人体の男が神田川にかかる和泉橋のたもとを越えたときだった。ふいに、中背の武士が走りだした。

町人体の男が足をとめて振り返った。風音のなかに、背後から迫る足音を聞きつけたらしい。月明りに浮かび上がった町人体の男の顔が、恐怖にひき攣《つ》った。

咄嗟《とっさ》に男は、走りだした。逃げようとしたらしい。

が、すぐに男の足がとまった。行く手をふさぐように大柄な武士が立っていたのである。

町人体の男は逡巡《しゅんじゅん》するように前後に目をやったが、腰の脇差を抜くと、きびすを返して中背の男と対峙した。大柄な武士より、戦いやすいとみたのかもしれない。

「うぬらだな、戸暮を斬ったのは！」

町人体の男が叫んだ。

その声は風に飛び、吹き荒《すさ》ぶ風音だけが聞こえた。武家言葉を遣ったところをみると、町人体の男も武士のようである。

中背の男は無言だった。底びかりのする双眸で男を見すえながら、スルスルと間合を狭めてくる。

「うぬら、だれの手の者だ!」

町人体の男は震えを帯びた声で訊《き》いた。異様に興奮し、目がつり上がっている。

だが、臆《おく》した様子はなかった。それに、多少は剣の心得もあるらしく、風呂敷包みを路傍に放り投げると、脇差を青眼に構えた。

中背の男は無言のまま間をつめてくる。背後の武士も抜刀して、町人体の男の背後に迫ってきた。

「おのれ!」

叫びざま、町人体の男は脇差をふりかぶって踏み込んだ。

と、中背の武士が寄り身をとめて切っ先を下げた。次の瞬間、フッ、と武士の姿が掻《か》き消えた。

いや、消えたわけではない。刀身を下げた瞬間、武士は脇へ跳んだのだ。その動きが迅速であったため、姿が消えたように見えたのである。辺りが夜陰でとざされていたことも、中背の男が消えたように錯覚した原因であろう。

町人体の男の脇差が空を切った。刹那《せつな》、ドスッという鈍い音がし、町人体の男の上体が前にかしいだ。

中背の武士が脇へ跳びざま胴へ斬り込んだのである。払い胴だった。その斬撃《ざんげき》は町人体の男の胴を両断するほど深く薙《な》ぎ払った。

町人体の男は腹部を押さえ、数歩よろめいたが、がっくりと両膝《ひざ》を地べたについて身をかがめた。男は左手で腹を抱きかかえるように押さえ、蟇《ひき》の鳴き声のような低い呻《うめ》き声を洩らした。出血はそれほどでもなかったが、押さえた腕の下から臓腑が覗いていた。

「とどめを刺してくれよう」

中背の男が町人体の男の背後に近付き、刀身を一閃《いっせん》させた。

にぶい骨音がし、男の首が夜陰に飛び、首根から血が奔騰した。つづいて、地べたを転がる重たげな音がした。首の転がる音である。

首根から噴出した血は心ノ臓の鼓動に合わせて一間ほども飛び、その度に首のない男の体を前後に揺らした。血は首根から三度噴出すると、急に勢いを弱めて滴り落ちるだけになった。男は右手に脇差を持ちかがみ込んだ格好のまま血を流していたが、やがて朽ち木が倒れるように横転した。

「おい、ふところを探れ。持ち物を残すな」

中背の男が、路傍の風呂敷包みをひろい上げながら大柄な武士に言った。

大柄な武士は、倒れている男の手から脇差を奪い、ふところを探って財布も抜いた。そして、脇差の鞘《さや》も腰から抜き取ると、

「首も持っていくか」

と、口元にうす嗤《わら》いを浮かべて言った。

「置いておけ。首なしでは、冥府《めいふ》で迷うだろう」

中背の男は無表情のまま言うと、きびすを返した。

ふたりは肩を並べて、八ツ小路の方へ引き返していく。

風が吹きすさんでいた。土手の柳の枝葉を揺らす音とあいまって、神田川の河原を吹き抜ける風が鬼哭《きこく》のような物悲しい音をたてていた。

2

腰高障子の破れ目から、朝の陽《ひ》が土間に射《さ》し込んでいた。春らしい明るい陽射しである。夜来の風はおさまったらしい。障子の破れた端がハタハタと微風に揺れているだけである。

宇田川左近《うだがわさこん》は搔巻《かいまき》を撥《は》ねのけて身を起こすと、大きく伸びをした。昨夜《ゆうべ》遅くまでちかくの一膳《いちぜん》めし屋で飲んだため、寝過ごしたようだ。

五ツ半（午前九時）ごろであろうか。陽はだいぶ高いようである。

「顔でも洗ってくるか」

左近はひとりごち、寝間着を着替えると、下駄をつっかけて外へ出た。

日本橋小網町、甚兵衛《じんべえ》店。間口二間《けん》の棟割り長屋である。この裏店が左近の住まいだった。

溝板《どぶいた》を踏みながら、左近は井戸端へむかった。

長屋はいつもの物音につつまれていた。ぼてふりや日傭取《ひようと》りなど、外で稼ぐ者たちは仕事に出ているはずだが、鋸《のこぎり》や木槌《きづち》の音などが聞こえてきた。長屋の住人のなかには指物師や錺《かざり》職《しょく》など居職《いじょく》の者もいるのである。

井戸端では、お勝《かつ》とおくにというふたりの女房が盥《たらい》の前にかがみ込んで洗濯をしていた。ふたりとも、子持の大年増《おおどしま》である。両足の間から白い腿《もも》と赤い二布《ふたの》が覗いていたが、気にもしないようだった。盥に手をつっ込んだまま何やらしきりにしゃべっている。話に夢中になり、左近には気付かないようだった。

「柳原通りに、また、辻斬《つじぎ》りが出たそうだよ」

太り肉《じし》のおくにが言った。

「またかい、嫌だねえ」

お勝が、顔をしかめて言った。色の浅黒い痩《や》せた女である。

「それも、首を刎《は》ねられて地べたに転がってたらしいよ」

「おお、怖《こわ》ッ。……おたくの旦那《だんな》も気をつけないと、バッサリやられるよ」

「なに言ってるんだい。うちの亭主なんか、斬ったって刀が錆《さ》びるだけだよ。銭なんか、持っちゃアいないんだから」

おくにが口をとがらせて言った。

「分からないよ。試し斬りってこともあるんだから」

「そういえば、うちの亭主が言ってたけど、今度斬られた男は粗末な身装《なり》の町人だってさ」

おくにが首をすくめてそう言ったとき、近付いてくる左近の下駄の音に気付いたのか、お勝が振り返った。

「左近の旦那……」

お勝がそう言ったきり、ふたりは口をつぐんでしまった。そして、これみよがしにせかせかと洗濯を始めた。

左近は長屋の者たちとあまり親しくなかった。左近は御家人の冷や飯食いで、実家からの合力《ごうりき》で食っていることになっていたが、長屋の住人は連日ぶらぶら遊んでいる左近にあまり好感は持っていないようだった。それに、左近も自分から住人に近付くようなことはしなかった。付き合いが面倒だし、長屋の住人とはいえ、自分の正体をあかすことはできなかったからである。

「辻斬りが出たというのは、いつのことだ」

左近が訊いた。親しい者に話しかけるようなおだやかな声だった。

「ゆ、ゆうべのことらしいよ」

おくにが声をつまらせて言った。ふいに、左近に声をかけられて戸惑ったらしい。

「その話、だれに聞いたのだ」

耳が早いと思った。昨夜、柳原通りであったことが、今朝のうちにおくにの耳に入っているのだ。

「亭主からだよ」

「そうか」

おくにの亭主はぼてふりで、日本橋の魚河岸《うおがし》で仕入れた魚を長屋のある小網町界隈《かいわい》で売り歩いている。亭主は魚を売り歩く前、長屋に立ち寄って河岸で耳にした噂《うわさ》をおくにに話したのであろう。

「まったく、いやなご時世だな。うかつに、通りも歩けぬ」

左近は眉宇《びう》を寄せてつぶやくような声で言った。

それを聞いて、おくにとお勝は顔を見合わせて目配せした。口元にうす笑いが浮いている。

ふたりとも、旦那のような貧乏牢人《ろうにん》など狙《ねら》わないよ、とでも言いたげな顔をしている。

左近はそれ以上訊かず、釣瓶《つるべ》で水を汲《く》み顔を洗って自分の部屋へもどった。

……ただの辻斬りではないようだ。

と、左近は思った。

これで、ふたり目である。十日ほど前、左近は新大橋にちかい大川端で御家人ふうの男が辻斬りと思われる者に斬殺されたという噂を耳にしていた。

同じ下手人かどうかは分からないが、何かつながりがあるような気がした。それに、町人の首を刎ねたというのも気になった。金品を奪うにしろ刀の試し斬りをするにしろ、首を刎ねるというのは異常である。

左近は大刀を落し差しにし、ふらりと長屋を出た。左近は三十半ば、面長で端整な顔立ちをしているが、鬱屈《うっくつ》したような暗い翳《かげ》が顔をおおっている。左近には、人に語れない暗い過去があったのだ。

左近は老中、松平伊豆守信明《まつだいらいずのかみのぶあきら》の密名で動く影目付《かげめつけ》のひとりだった。むろん、左近のような身分の低い者が、信明のような幕閣の中核にいる者と会うようなことはない。影目付の頭《かしら》は岩井勘四郎《いわいかんしろう》という七百石の旗本であり元御目付だった男である。左近は岩井の命で動いているのだ。

左近は影目付になる前、百俵五人扶持《ぶち》の御徒目付《おかちめつけ》だった。主に御家人を監察糾弾する役職で、御徒目付頭の支配下である。

独り身だった左近にはお雪《ゆき》という許嫁《いいなずけ》がいたが、御徒目付頭の嫡男、国枝恭之進《くにえだきようのしん》がお雪に横恋慕し、手籠《てご》めにしてしまった。悲観したお雪は、大川に身を投げて死んでしまう。

このことを知った左近が恭之進に詫《わ》びさせようと会いに行き、ことの成り行きで恭之進を斬ってしまった。そのとき、左近は恭之進を斬るつもりはなかった。先に恭之進が抜いたために、少年のころから神道無念流《しんとうむねん》を学んだ左近の体が、勝手に反応したのである。

左近は切腹を覚悟した。理由はどうあれ、上司の嫡男を斬殺してしまったのだ。

この一件を調べたのが岩井だった。岩井は恭之進に非があることを認めて幕閣に上申した。この上申書により、左近の切腹はまぬがれた。

ただ、改易され、左近の一家は路頭に迷うことになった。禄《ろく》を失った武家の暮らしは悲惨だった。長屋暮らしの困窮のなかで、父と妹が相次いで死んだ。

左近は悲嘆のなかで、

……ひとり、生きていても詮方《せんかた》ない。

と思い、腹を切って死のうとした。

そのとき、岩井が長屋にあらわれ、今後は影目付として生きよ、と命じたのだ。以来、左近は裏長屋にひっそりと暮らし、影目付として生きてきたのである。

左近は小網町から堀江町、小伝馬町と、人通りの多い町筋を抜けて神田川沿いの柳原通りへ出た。通行人が行き交っていた。柳原通りには、小体な古着屋が軒を連ねていて、日中はかなりの人通りがある。

そうした古着屋の親父に、辻斬りのあった場所を訊くと、和泉橋のたもとの近くだと教えてくれた。

3

和泉橋のたもとから半町ほど先に人垣ができていた。神田川沿いの土手ちかくの路傍である。そこが辻斬りのあった場所らしい。

集まっているのは、ほとんど通りすがりの野次馬らしかったが、黄八丈の小袖に羽織の裾《すそ》を帯に挟んだ巻羽織という格好の八丁堀同心の姿もあった。

左近は人垣に近寄った。頤《おとがい》の張った髭の濃い同心の顔に見覚えがあった。北町奉行所定廻《じようまわ》り同心の楢崎慶太郎《ならさきけいたろう》である。

楢崎のちかくに数人の岡っ引きらしい男たちの姿があった。男たちの足元に横たわっているのが、斬殺された町人らしい。

野次馬の肩越しに見ると、丈の低い叢《くさむら》に側臥《そくが》している男の首がなかった。どす黒い血に塗れた首の切断口から白い頸骨《けいこつ》が覗いている。

すでに、あらかたの検屍《けんし》は終わったらしく、楢崎は死体から一歩引いて立っていた。

「どいてくれ」

左近は野次馬を掻き分けて前に出た。近くで、死体の刀傷を見ようと思ったのである。

人垣がくずれたのを見て、楢崎と岡っ引きたちが振り返った。

「また、おぬしか」

楢崎が憮然《ぶぜん》とした顔で左近を見た。

左近と楢崎は顔見知りだった。事件の現場で顔を合わせ、左近が斬殺された者の刀傷を見て、下手人の腕のほどを話してやったことがあったのである。ただ、楢崎は左近のことをうさん臭い貧乏牢人と思っているだけで、まともに話そうともしなかった。

「ちかくを通りかかってな。ここで人が斬られていると耳にして、来てみたのだ」

左近はこともなげに言った。

「そうかい。調べの邪魔にならねえようにしてくんな」

楢崎はつっぱねるように言った。

「刀で斬られたようだな」

かまわず、左近は横たわっている死体に近付いた。

「そんなことは、だれにも分かる」

そう言って、楢崎は苦々しい顔をした。

「手練だな」

首を一太刀で切断していた。しかも、首が一間ほど先まで飛んでいる。尋常な遣い手ではない。

「下手人の腕のいいことは、おれにも分かるよ」

楢崎は渋面のまま言ったが、左近に死体から離れろとは言わなかった。左近の検分を聞く気もあるようだ。

「初太刀は払い胴だ。踏み込んで、斬ったものだな」

「うむ……」

楢崎はそっぽを向いていたが、耳はそばだてているようだった。

「この死体の男は、武士だ」

左近が断定するように言った。

「なぜ、そんなことが分かる」

檜崎は左近の方に顔をむけた。まわりにいた岡っ引きたちも、左近に目をむけている。

「手に竹刀《しない》だこがある。それに、右肘《ひじ》の傷は竹刀でたたかれた痕《あと》だよ。身装《みなり》は町人だが、武士と見ていいだろうな」

右肘にかさぶたができていた。左近は、竹刀で胴を打ち込まれたとき、かわしきれずに肘に当たり、裂傷を負った痕とみたのである。

「だが、武士が、なぜ町人の格好などしていたのだ」

檜崎が訊いた。

「分からんな。それを調べるのが、町方の仕事だと思うが」

左近がそう言うと、檜崎は不機嫌そうに顔をしかめ、

「おぬしなどに、とやかく言われたくないな。……探索の邪魔だ。下がってくんな」

檜崎は、左近を追い返すように右手をひらひらさせた。

「お上の邪魔をしては、もうしわけないな」

左近は、おとなしく後ろへ下がった。これ以上、死体を見る必要もなかったのである。

檜崎はちかくにいた岡っ引きたちに、付近で聞き込みをするよう、苛立《いらだ》った口調で指示し

た。すぐに、岡っ引きたちは人垣を割って散っていった。

いっときして、左近もその場を離れた。神田の町筋を歩きながら、左近は、

……大川端の件と同じ筋かもしれん。

と思った。

左近は途中そば屋で腹ごしらえをしてから、京橋に足をむけた。水谷町に亀田屋《かめだや》という献《けん》残屋《ざんや》があった。

献残屋というのは、進物や献上品の不用な物を買い集め、これを利用して慶事の祝い物や結納品などに調製して売る商売である。とくに、武家の間でやり取りされる品物を売買するのが主であった。また、亀田屋は献残屋だけでなく、奉公人を斡旋《あっせん》する口入《くちい》れ屋もかねていた。

亀田屋のあるじの名は茂蔵《しげぞう》。左近と同じ影目付のひとりで、岩井の片腕のような男である。

左近が亀田屋の暖簾《のれん》を分けてなかに入ると、帳場に座っていた番頭格の栄造《えいぞう》が、すぐに腰を上げて店先へ出てきた。

「これは、これは、宇田川さま。いらっしゃいまし」

栄造は愛想笑いを浮かべ、揉《も》み手をしながら近寄ってきた。

「あるじは、いるかな」

「はい、はい、これでございますか」

栄造は、指先で碁《ご》を打つ真似《まね》をした。

「まァ、な」

左近は口元に微笑を浮かべて曖昧《あいまい》に答えた。

ときおり、左近は亀田屋に顔を出していた。むろん、影目付としての密談のためだが、栄造や他の奉公人は、碁を打つために来るのだと信じていた。左近は囲碁好きの牢人ということになっていたし、茂蔵も囲碁好きでとおっていたからである。それに、献残屋は武家が主な商売相手なので、頻繁に御家人や旗本の用人などが出入りする。そのため、左近のような武家が出入りしても、奉公人も通りすがりの者も何の不審もいだかなかったのである。

「すぐに、呼んでまいりますよ」

そう言い残し、栄造は慌てて奥へひっ込んだ。

いっときすると、栄造が六尺ちかい偉丈夫の男を連れてもどってきた。茂蔵である。黒羽織に棒縞《ぼうじま》の小袖、海老茶《えびちゃ》の角帯をしめていた。いかにも、商家の旦那ふうの身装《みなり》である。四十がらみ、丸顔で目が細く大きな福耳をしていた。

茂蔵は腕や首が異様に太かった。奉公人たちには隠していたが、茂蔵は柔術と捕手《とりて》を主に編まれた制剛《せいごう》流の達者だったのである。

「これはこれは、左近さま、よくいらっしゃいました」

茂蔵は細い目をさらに細めて恵比寿のような顔をした。

「どうです、一局」

左近は碁を打つ真似をした。

「いいですなァ。それでは、いつものように離れで」

茂蔵は満面に笑みを浮かべて言った。

そばにいた栄造が、後で、おまさに茶を運ばせましょう、と言って、ふたりを送り出した。

おまさというのは、亀田屋の女中である。四十過ぎの後家で、人はいいが動作がのろく愚鈍で、茂蔵や左近に裏の顔があるなどとは思ってもみない。

茂蔵と左近はいったん店から出て、脇のくぐり戸から裏手にある離れにむかった。

4

亀田屋の離れは、影目付たちの密会場所だった。離れの周囲は鬱蒼《うっそう》と葉を茂らせた樫《かし》で囲われ、出入りする者の姿を隠してくれるのだ。さらに、店の脇の小道をたどれば、店の者にも知られずに裏から離れへ行くこともできた。

茂蔵に献残屋をやらせ裏手に離れを造らせ、そこを密会場所にしたのは、影目付の頭である岩井であった。

茂蔵も左近と同様、岩井に命を助けられて影目付になったのである。

茂蔵は黒木与次郎《くろきよじろう》という名の黒鍬頭《くろくわ》だった。黒鍬者は御家人以下の身分で、ふだんは雑用や江戸城の門前などで警護や登城者の行列の整理などをしていた。

ある日、黒木の配下の黒鍬者が大名行列の順序のことで、供奉《ぐぶ》の者と言い争い殴りつけてしまった。

大名家から狼藉《ろうぜき》を働いた者を断罪するよう幕閣に訴えがあり、黒木にも直属の上司として切腹の沙汰《さた》がありそうだった。

そのとき御目付だった岩井は、黒木の制剛流の腕を惜しんで江戸から逃がした。そして、逃走先で抵抗したため斬殺したことにして、黒木の命を助けたのである。

その後、三年ほどして、岩井は黒木を江戸に呼んだ。茂蔵と名を変え町人として江戸にもどってきた黒木は、岩井の援助で亀田屋をはじめ、影目付として暗躍するようになったのである。

「左近さま、何かありましたかな」

茂蔵は碁盤の前に座ると、声をあらため訊いた。

対座した左近は適当に碁石を並べながら、

「昨夜、柳原通りで、町人体の男が斬られた」

抑揚のない声で言った。

「その噂は耳にいたしましたが」

「身装《なり》は町人だが、武士とみた」

左近は、下手人が手練らしいことや、殺された男の掌《て》に竹刀だこがあったことなどをかいつまんで話した。

「…………」

茂蔵は無言のまま、手にした白石を、パチリと碁盤の上に打った。

「十日ほど前、大川端で御家人ふうの男が斬られたが、同じ筋ではないかな」

そう言って、左近が白石の脇に黒石を置いた。

「ですが、辻斬りかもしれませんよ」

茂蔵が小声で言った。

「いや、辻斬りではあるまい。幕臣か大名家の家臣かは分からぬが、武家が町人に身を変えていたのだ。それに、下手人は首まで刎ねている。何か裏がありそうだ」

「それで、町方は」

また、茂蔵が白石を置いた。

「辻斬りとみて、柳原通りの件を洗うだけだろうな」

武家は町奉行所の支配外だった。町方は大川端の件にはかかわらず、柳原通りの件だけを探索するはずである。町方には下手人が捕らえられないだろう、と左近は思った。

「お頭の耳に入れておきましょうか」

「それがいいな」

左近が碁盤の上に黒石を置いた。ただ、でたらめに並べているだけである。

そのとき、戸口に近付く足音がし、引き戸があいた。おまさである。おまさは茶道具を持って入ってくると、碁盤をはさんで対座しているふたりの男に、チラッと目をやり、

「茶が淹《はい》りましたよ」

と言って、ふたりの膝先に湯気のたつ湯飲みを置いた。

左近と茂蔵は、指先に碁石をはさんだまま碁盤を見すえている。

おまさは首をすくめるようにして頭を下げると、石並べがおもしろいのかねえ、とつぶやいて、引き戸をあけて出ていった。

「動くのはお頭のご指示があってからだが、斬られた男の正体だけでもつかんでおくか」

左近が膝先の茶碗《ちゃわん》に手を伸ばしながら言った。

「それがよろしいでしょう」

茂蔵も茶碗を手にして茶をすすった。


翌朝、左近は小網町の長屋を出ると、大川端へ足をむけた。新大橋ちかくで斬られたという御家人ふうの男の正体をつかもうと思ったのである。

新大橋のたもとに立って、川沿いの道に目をやると、大名の下屋敷や大身の旗本屋敷ばかりで、話の聞けそうな町家はなかった。通りすがりの者に訊くわけにもいかない。

……すこし遠いが、行徳河岸で訊いてみるか。

川下へむかって川沿いの道を歩くと行徳河岸があった。そこまで行けば、小体な店が軒を連ねているはずである。

左近は行徳河岸まで歩き、川沿いにある酒屋を見つけて暖簾をくぐった。

「何かご用でしょうか」

店先に出てきた初老の親父が、訝《いぶか》しそうな顔をして訊いた。牢人ふうの左近を見て、客とは思わなかったようだ。

「つかぬことを訊くがな。十日ほど前、新大橋のちかくで武家が辻斬りに殺されたそうだが、知っているか」

左近は穏やかな声で訊いた。

「はい、噂は聞きましたが」

親父は素っ気なく言った。

「なに、斬られた男はおれの知り合いではないかと思ったものでな」

「そうですか」

親父は左近の言を信用してないようだった。

「それで、殺された男の名を聞いているか」

かまわず、左近は訊いた。

「いえ、存じません」

親父の顔に迷惑そうな表情が浮いた。これ以上、得体の知れぬ牢人にかかわりたくないと思ったようである。

「おれが、世話になった男かもしれんのだ。仕事の手をとめて悪いが、話してくれぬか」

そう言うと、左近はふところから財布を取り出し、小粒銀《こつぶぎん》を親父に握らせた。この男、ただでは話しそうもない、と思ったのである。

「旦那、ほんとに名は聞いてませんもので」

親父は相好《そうごう》をくずして言った。物言いも急にやわらかくなった。

「死骸《ほとけ》はどうした。だれか引き取っただろう」

町方が引き取って始末したとは思えなかった。

「なんですか、お武家がふたり中間《ちゅうげん》を連れてみえられ、死骸を引き取ったとか。見た者の話では、お旗本のようだったそうですよ」

「行き先は」

「さァ、浜町河岸を神田の方へむかったとは聞きましたが」

浜町河岸は、新大橋のちかくの浜町堀沿いの河岸である。

「それで、町方は探索をしないのか」

「はい、なんでも、死骸を引き取ったお武家が八丁堀の旦那に、探索無用と言い置いて去ったそうでしてね。どうも、それっきりのようですよ」

親父は苦笑いを浮かべた。

それから左近は、引き取ったふたりの武士のことやその後の噂などを訊いたが、役にたつような話は聞けなかった。

左近は親父に礼を言って、店を出た。

……浜町河岸界隈に住む旗本屋敷をあたってみるか。

左近は、付近で聞き込みをするよりその方が早いような気がした。

5

「殿さま、西田《にしだ》さまがお見えでございますが」

障子のむこうで、青木《あおき》孫八郎《まごはちろう》の声がした。青木は岩井家に長く仕える用人である。

居間で書見をしていた岩井は、

「客間へ通してくれ」

と言って、腰を上げた。

西田邦次郎《くにじろう》は、老中、松平伊豆守信明の用人だったが、表向きは京橋に住んでいる小普請《こぶしん》の旗本で、岩井の碁仲間ということになっていた。

客間になっている書院へ行くと、すでに西田は座していた。四十がらみ、大柄で赤ら顔の男である。

「岩井さま、お久しぶりでございます」

西田は丁寧《ていねい》な物言いで挨拶《あいさつ》した。

「そこもとと打ったのは、一月《ひとつき》ほど前になるかな」

岩井は西田の前に座りながら言った。

「はい、そろそろお手合わせいただきたいと思いまして」

西田が顔をほころばせて言った。

「一局、まいるか」

岩井がそう言ったとき、襖《ふすま》があいて、登勢《とせ》が茶道具を持って顔を出した。登勢は二十九歳になる岩井の妻である。岩井の家族は夫婦と九歳の嫡男、佳之助《けいのすけ》、七歳の長女たまえである。岩井が御目付だったころは、女中が数人いて登勢が茶を淹《い》れることなどなかったが、いまは女中もふたりだけになり飯炊きや掃除が主な仕事だったので、来客によっては登勢が茶を淹れることもあった。

登勢は西田と顔見知りだったので、座敷の会話を耳にしながらふたりの膝先に湯飲みを置いた。

「ぜひ、てまえどもで」

「承知した」

西田と岩井の会話は、だれが聞いても碁の対局のやりとりである。

だが、西田は松平信明の用件を伝えるために来ているのだ。碁の話を装っているが、話の内容は、内密に伝えることがあるので、松平家上屋敷まで来いということであった。影目付であることを岩井家の者にも秘匿するため、西田も心得て話しているのである。

「それで、いつにいたそうか」

「明日、七ツ半（午後五時）でいかがです。日中は、所用がありますもので」

どうやら、信明は下城後に岩井と会うつもりのようだ。

「結構でござる。されば、明日」

そう言って、岩井は登勢の運んできた茶に手を伸ばした。


翌日、岩井は供を連れずに呉服橋御門を渡った先にある松平家上屋敷を訪ねた。表門の脇で西田が待っており、すぐに屋敷内に招じ入れてくれた。

岩井が通されたのは、いつも信明と会っている奥の書院である。

座敷に座していっときすると、廊下を歩く重い足音がし、信明が姿を見せた。霰小紋《あられこもん》の小袖に角帯、白足袋《しろたび》というくつろいだ姿である。下城後、着替えたのであろう。

岩井がかしこまって辞儀を述べようとすると、

「挨拶はよい。楽にいたせ」

信明はそう言って、対座した。

信明は老中主座の重責にあり、幕政の舵《かじ》を取っている男である。物言いはやわらかだったが、その挙措には重鎮らしい威厳と貫禄があった。

「さて、急な呼び出しで驚いたと思うが、影目付として探って欲しいことがあってな」

信明は顔の微笑を消して言った。

「心得てございます」

西田が自邸に姿を見せたときから、岩井は影目付の任務であることは承知していた。

「ここ半月ほどの間に、江戸市中でふたりの幕臣が何者かに斬殺されたのだが、耳にしておるか」

信明が岩井を見すえて訊いた。その双眸に、能吏らしい鋭いひかりがあった。

「それらしき噂は、耳にしております」

岩井は、茂蔵と左近からふたりの男が斬殺されたことを聞いていた。ひとりは町人体だが、左近によると町人に身を変えた武士だろうということであった。

「さすがに耳が早いな。実は、そのふたりのことでな、気になることがあるのだ」

岩井が声を落として言った。

「…………」

「殺されたのは、ふたりとも御徒目付なのだ」

「御徒目付……」

となると、御家人か旗本の不正を探っていて斬殺された可能性が高い。町人に変装していたのも、内偵のために必要だったからであろう。

「それだけのことで、わしがめくじらをたてることはないのだが……。実は、ふたりとも御《お》納戸《なんど》頭の神谷《かみや》とかかわりのあった者らしいのだ」

「どういうことで、ございましょう」

御納戸頭は七百石高で、それほど高い身分ではなかったが、神谷重直《しげただ》は俊英と噂され、将来を嘱望されている若手のひとりだった。信明はとくに神谷に目をかけていた。神谷が御納戸組頭から御納戸頭に栄進できたのも、信明の推挙があったからだといわれていた。

御納戸頭は、将軍の手元にある金銀、衣服、調度などを掌《つかさど》るとともに、大名や旗本の献上品、将軍が下賜する金銀衣類などを取り扱う役職の長である。したがって、御家人や旗本を監察糾弾する御目付や御徒目付とは何のかかわりもないはずだった。

「神谷は桐島定之助《きりしまさだのすけ》の時服《じふく》の購入にさいし、不正があったとみて、御目付の渋谷与五郎《しぶやよごろう》に相談に行ったらしいのだ。……それで渋谷が、殺されたふたりの徒目付に内偵を命じたようだ」

信明は重い口調で言った。

時服というのは、報奨として季節に合わせて将軍から家臣に賜る衣服のことである。

桐島は神谷と同じ御納戸頭だった。御納戸頭は二名で、御納戸組頭、御納戸衆、御納戸同心などの長《おさ》である。

渋谷は信明派と目されている御目付だったので、神谷は渋谷に桐島のことを話したのであろう。

話を聞いた渋谷は配下の御徒目付ふたりに探索を命じたにちがいない。その御徒目付ふたりが、何者かの手で斬殺されたようである。

となると、ふたりの御徒目付を始末したのは、内偵を恐れた桐島の手の者ではないだろうか。

「それだけのことならば、わざわざそちを呼びはせぬ。わしが懸念していることは、ふたつある。そのひとつは、ちかごろ桐島がしきりに出羽《でわ》や御側衆《おそばしゆう》の板倉《いたくら》と接近していることなのだ」

「出羽守《でわのかみ》さまや板倉さまと……」

妙だな、と岩井は思った。

水野《みずの》出羽守忠成《ただあきら》は、現在若年寄だった。忠成は、老中として幕府の実権を握り、その後失脚した田沼意次《たぬまおきつぐ》に与《くみ》して権勢をほしいままにしていた水野忠友《ただとも》の養子で、将軍家斉《いえなり》の側近として近年急速に力をつけていた。まだ若年寄で信明より身分は低いが、いずれ老中に抜擢《ばつてき》されると目され、信明に敵対する勢力の旗頭であった。また、板倉重利《しげとし》は御側衆で、忠成の片腕と目されている男である。

ただ、板倉と桐島では身分がちがいすぎる。板倉の方から桐島に接近するはずはないので、桐島が板倉に何か働きかけたのであろう。

「もうひとつの懸念は、こたびの件だ。……手際がよすぎると思わぬか。渋谷が配下の者に探索を命じて、まだ半月ほどであろう。何者かは知らぬが、その間にふたりの御徒目付を探り出し、ひそかに始末してしまったのだ」

「…………」

岩井も、下手人はただ者ではない、と感じた。

「わしはな、渋谷からこの話を聞いたとき、そなたらと同じように闇で動く者たちの仕業《しわざ》ではないかと思ったのだ」

信明の目が刺すようなひかりを帯びた。

「闇で動く者たちとは」

「刺客かもしれぬ」

「刺客！」

岩井は、ふいに背筋を冷たい物で撫《な》でられたような気がした。岩井たち影目付と同じように、ひそかに闇で動く刺客たちがいるというのだ。

「それもな、板倉をとおして出羽とつながっているかもしれぬぞ」

信明が低い声で言った。

「いかさま」

自分たち影目付が信明の密命で動いているように、闇の刺客たちが板倉をとおして忠成とつながっていてもおかしくはない。

「いずれにしろ、放置しておくわけにはいかぬ。岩井、ひそかに桐島の不正を探索してくれ」

「心得ました」

「当然、闇で動く刺客たちに狙われることになるぞ」

「覚悟しております。われら影目付、一度死んだ者たちでございますゆえ、何も恐れるものはございませぬ」

岩井は低頭しながら言った。

「頼んだぞ」

「はっ」

「まずは、神谷から事件の経緯《いきさつ》を聞くとよい。わしから神谷に、それとなく話しておこう」

そう言うと、信明は廊下の方に体をむけて手をたたいた。

いっときすると、廊下を歩くせわしそうな足音がし、西田が袱紗《ふくさ》包みを大事そうにかかえて座敷に入ってきた。そして、袱紗包みを信明に手渡し、岩井に一礼して座敷から出ていった。

「これは、手当てだ。いろいろと物入りがあろうからな」

そう言って、信明は袱紗包みを岩井の膝先に押し出した。

袱紗包みの中身は切餅《きりもち》である。その大きさから見て、三、四百両はあるだろう。

信明は困難な仕事を命ずるとき、岩井に相応の金を渡すのが常だった。軍資金であると同時に、他の影目付にとっては生きていく糧《かて》でもあったのだ。

「頂戴いたします」

岩井は、袱紗包みを手にした。

6

神谷重直の屋敷は、小石川にあった。伝通院のちかくである。御納戸頭は七百石高だったので、岩井邸と似た長屋門である。

岩井は羽織袴姿で、用人の青木と、草履取りとして中間ひとりを供に連れて神谷邸を訪問した。お互いに七百石の旗本である。通常の訪問なら、裃《かみしも》姿で馬に乗り、槍持《やりもち》、挟箱《はさみばこ》持、草履取り、若党など五、六人の供揃《ともぞろ》えが必要だったが、すでに訪問の内諾を得ていたこともあって簡素にしたのである。

表門の前まで行くと、神谷家の用人らしい初老の男が待っていて、すぐに岩井たちを招じ入れてくれた。

青木と中間は別の場所に通され、岩井だけが客間の書院に案内された。

座敷に腰を落ち着けるとすぐ、長身の三十代半ばの武士が姿を見せた。のっぺりした顔だが、眼光はするどかった。

「神谷重直にござる」

対座すると、神谷は、伊豆守さまよりお話はうかがっております、と慇懃《いんぎん》な口調で言い添えた。

岩井は辞儀を述べた後、

「小普請で暇を待てあましておりましてな。以前、御目付だったこともあり、渋谷どののお手伝いでもできればと思っております」

と、おだやかな声音で言った。影目付であることなど、おくびにも出さなかった。当然、信明からも影目付であることを疑わせるような話はしてないはずである。

「包み隠さずお話しするつもりでおりますので、なにとぞ、よしなに」

神谷はけわしい顔をくずさなかった。

「まず、桐島どのの不正についてお話ししていただけようか」

神谷と桐島は同じ御納戸頭である。よほどの確信がなければ、御目付である渋谷に訴えたりしないだろう。

「日本橋室町の呉服屋、山城屋をご存じでござろうか」

「知っております」

日本橋でも大きな呉服屋で、幕府の御用達であった。

「通常、時服や上さまのお召し物などは、呉服の御用達である山城屋、越後屋、福島屋から調達いたします。三店に等分に分けて納入させるのが、このところ慣例になっておりましたが、こたびは山城屋だけに一括して納入させたのです。それも、桐島どのの一存で決められたらしいのです」

「神谷どのに、何の話もなかったのでござるか」

「いや、それがしは時服の調達にはかかわっておりませんので、それはやむをえません」

神谷によると、ふたりの御納戸頭で役割分担をしているという。神谷は払方と称して下賜品を扱い、桐島は元方と称して、収蔵買入れを担当していたという。

「それで、不正というのは」

岩井は先をうながすように訊いた。

「勝手方掛の者から、通常より購入の値がすこし高いようだとの指摘がありました。ただ、桐島どのからすこし上物の反物を求めたためとの報告があり、それ以上の詮議《せんぎ》はなかったとのことです」

勝手方掛は、幕府の出納の事務、各部署の会計の精算、調査などを受け持っている。

「それで」

「すこし高いといっても、大量ですので数百両にはなりましょう」

「うむ……」

金額は高いが、それだけで不正とは決め付けられないだろう。

「勝手方掛から内密に聞いたのですが、どうも、上からの指示があり、その件はうやむやになったらしいのです」

神谷の顔がすこしこわばった。

「上からの指示とは」

「それがしが耳にした噂では、御側衆の板倉さまから勝手方掛に詮議無用との話があったとのこと」

「板倉さまから」

「はい」

「なるほど」

板倉は忠成の片腕と目されている男である。信明が言っていたように、桐島は板倉を介して、忠成にも通じているようである。

「さらに、もうひとつ、山城屋から多額の賄賂《まいない》が桐島どのに流れているのではないかとの噂がございます。そのため、それがし、渋谷さまにご相談申し上げたのでございます」

神谷は顔をこわばらせたまま言いつのった。

「分かりもうした。それがしも小普請ゆえたいしたことはできませぬが、むかしよりの知己も多少はおりますので、すこしでも渋谷どののお役に立てるよう動いてみましょう」

岩井はおだやかな声でそう言った。

それから、岩井は桐島や山城屋のことをいろいろ訊いてみたが、ふたりの昵懇《じっこん》ぶりが分かっただけで、たいしたことは聞き出せなかった。

「神谷どの」

岩井が声をあらためて言った。

「桐島どのの件でござるが、しばらくの間、そ知らぬ顔をされていた方が賢明かもしれませぬ。ふたりの御徒目付を暗殺した者たちの正体が知れぬゆえ、用心に越したことはありりますまい」

桐島と山城屋の不正を秘匿するために、刺客がふたりの徒目付を暗殺したのなら、神谷の命を狙うこともあるのではないかと岩井は危惧《きぐ》したのだ。

「そうかもしれませぬ」

神谷は顔をこわばらせてうなずいた。神谷自身、暗殺者の手が伸びてくるかもしれないという不安をいだいているようだ。

「これにて」

岩井は腰を上げた。

玄関先まで送ってきた神谷に、後はわれらにお任せくだされ、と小声で伝え、岩井は青木と草履取りを連れて屋敷を出た。

7

行灯《あんどん》の明りに、五人の男が浮かび上がっていた。岩井、茂蔵、左近、黒鍬の弥之助《やのすけ》、それに牧村稔二郎《まきむらねんじろう》。五人とも、影目付である。

黒鍬の弥之助は元黒鍬衆で、ふだんは深川で船頭をやっている。足が速く、六角平形の特殊な鉄礫《つぶて》の名手であった。

牧村は半年ほど前に、新しく影目付にくわわった男である。歳は二十八、影目付にくわわるまでは八十石の御家人で小普請であった。神道無念流の遣い手だが、賭場《とば》や岡場所に出入りするような放蕩《ほうとう》無頼な男だった。

ある日、牧村は飲み屋でやくざ者と喧嘩《けんか》になり、ふたり斬り殺してしまった。そのことが徒目付に知られ、士道不行き届きとの理由で、牧村に切腹の沙汰《さた》が下りそうになった。

以前から、牧村の剣の腕を知っていた岩井は、信明に牧村の助命嘆願をし、ふたりのやくざ者が理不尽であったためやむなく斬ったことにし、役儀召放の処分ですませてもらった。

その後、牧村は岩井の配下として影目付にくわわったのである。

五人が集まっていたのは、影目付たちの密会場所である亀田屋の離れだった。

岩井が、信明と神谷から聞いたことをひととおり話した後、

「敵は、われらと同じような影の者かもしれぬぞ」

と言い添えた。

「その者たちは、出羽守さまの指図で動いているのでございましょうか」

茂蔵が目をひからせて訊いた。

「まだ、はっきりしたことは分からぬが、そうみていいだろう。ただ、わしらと同じように

あくまで影で動く者たちゆえ、出羽守さまとのつながりは決して表には出まい」

「されば、われらの任は？」

左近が訊いた。

「御納戸頭、桐島定之助と山城屋の不正をあばき、ふたりの徒目付を殺害した者たちを始末すること」

岩井が抑揚のない声で言った。ふだんの人のよさそうな穏やかな顔ではなかった。双眸が底びかりし、影目付の頭目らしい凄《すご》みのある面貌《おもて》に豹変《ひょうへん》していた。

「さて、これまでに何か分かったことがあったら話してくれ」

岩井が声をあらためて言い、一同に視線をまわした。

「まず、大川端で斬り殺された武士ですが、名は戸暮豊之助、御徒目付のようです」

左近が話した。

左近は、浜町河岸界隈の旗本屋敷に奉公する中間から話を聞き、戸暮の死体を引き取ったのが、御目付の渋谷与五郎の屋敷に仕える用人と若党であることを聞き出し、さらに殺された男が戸暮豊之助という名の御徒目付であることをつかんだのである。

「やはり、伊豆守さまのお話のとおりだな」

岩井が低い声で言った。

「てまえは、柳原通りで殺された町人体の男を洗ってみました」

代わって、茂蔵が話しだした。

茂蔵によると、弥之助の手も借りて柳原通り界隈の番屋や付近を縄張にしている岡っ引きなどに当たり、死体が運ばれた先をつきとめたという。

男の死体は、町方の手でいったん豊島町の番屋に運ばれた。そこに初老の武士が中間ふたりと駕籠《かご》かきを連れてあらわれ、死者が町人に身を変えてお上の密命を探索していたことを臭《にお》わせ、

「詮議無用、また他言いたせば厳罰に処す」

と恫喝《どうかつ》した上で、死体を引き取ったという。

ところが、不審に思った岡っ引きのひとりが駕籠の跡を尾け、死体の運ばれた先を確認した。

「運ばれた屋敷が、柏条二郎《かしわくめじろう》という御徒目付の屋敷でした。死体は本人の柏。運んだのは柏家の家士のようでございます」

茂蔵が町人体の男の正体をつかんだ経緯をかいつまんで話した。

「ところで、柏だが、町人体に身を変えて何を探っていたのだ」

岩井が訊いた。

「そこまでは、まだ」

茂蔵は首を横に振った後、

「殺された夜、柏は風呂敷包みを小脇にかかえて日本橋方面から来たようです。八ツ小路で夜鷹《よたか》そば売りが、それらしい姿を目にしております」

と、言い添えた。

「その風呂敷包みは」

「岡っ引きの話では、殺された場所になかったとか。おそらく、下手人が持ち去ったのでございましょう」

「うむ……。柏は山城屋から来たのかもしれぬな」

岩井が言った。柏と戸暮は山城屋を探っていたのである。

つづいて口をひらく者がいなかった。座敷を静寂がつつみ、男たちの息の音と行灯の油の燃える音がかすかに聞こえていた。

「いずれにしろ、御納戸頭の桐島と山城屋は調べねばなるまい」

岩井が声をあらためてつづけた。

「油断いたすな。われらが、探索していることに気付けば、戸暮と柏を斬り殺した者たちが、われらの命を狙ってくるぞ」

「心得ております」

茂蔵が低い声で言うと、他の三人も無言でうなずいた。

「では、いつものように伊豆守さまからのお手当てだ」

そう言って、岩井はかたわらに置いてあった袱紗包みを取り上げ膝の上に乗せてひらいた。切餅が十二あった。三百両である。岩井はそれぞれの膝先に五十両ずつ置いた。六人で等分したのである。

「残る五十両は、お蘭《らん》に渡す」

そう言って、岩井は己の分と合わせて百両をふところにしまった。

お蘭は柳橋の芸者で、ふだん老舗《しにせ》の料理屋、菊屋《きくや》にいることが多い。女だが、お蘭も影目付のひとりである。

「では」

岩井は立ち上がった。

8

左近は武家屋敷のつづく通りを歩いていた。小石川の水戸家上屋敷の東側で、通りの左右には大小の旗本屋敷が並んでいる。あまり人影のない寂しい通りだった。

この辺りに桐島定之助の屋敷があると聞いて来たのだ。とりあえず、屋敷を見てみようと思ったのである。

前方から中間ふうの男がふたり歩いてくるのが見えた。左近は路傍にたたずんでふたりの男が近付くのを待った。桐島の屋敷を訊いてみようと思ったのである。

「ちと、ものを尋ねるが」

左近はふたりの前に立った。ふたりとも二十代半ば、痩せた男と小柄な男だった。

「なんです？」

痩せた男が訝しそうな目で左近を見た。総髪で陰湿そうな風貌の左近を、うろんな牢人と見たのかもしれない。

「桐島定之助さまのお屋敷を知っているかな」

左近は静かな物言いで訊いた。

「この先に稲荷《いなり》があるでしょう。その斜向かいのお屋敷ですよ」

脇にいた小柄な男が面倒臭そうに言って、歩きだした。痩せた男もかかわりになりたくないといった顔をして足早に左近から離れた。

桐島邸はすぐに分かった。一町ほど歩くと稲荷があり、その斜向かいに七百石高にふさわしい長屋門をそなえた屋敷があったのである。

……さて、どうしたものか。

左近は稲荷の鳥居の前に立って迷った。せっかくここまで来たからには、すこし桐島家の内情を探ってみようと思ったのである。

八ツ半（午後三時）ごろだった。陽が沈むまで待てば、話の聞けそうな若党なり中間なりが屋敷から出てくるかもしれない。そう思って、左近はしばらく待つことにした。

武家屋敷のつづく通りはひっそりとして人影はなかったが、路傍に立ったまま屋敷を見張るわけにもいかなかった。

左近は稲荷の鳥居をくぐり、祠《ほこら》の陰から桐島邸の長屋門に目をやった。

陽が屋敷の甍《いらか》のむこうに沈み、通りを屋敷の長い影がおおっていた。そろそろ暮れ六ツ（午後六時）である。まだ、だれも屋敷から出てこない。

……今日のところは、引き上げるか。

そう思い、左近が稲荷の陰から出ようとしたときだった。

長屋門のくぐり戸があき、武士体の男がひとり姿をあらわした。黒羽織に袴姿で二刀を帯びていた。初老らしく、鬢《びん》にすこし白い物が混じっている。

家士のようである。供もいないし、身装《みなり》から見ても若党か用人といったところであろう。

左近は話を聞いてみようと思い、通りへ出ると、小走りに男の後を追った。

「待たれよ、卒爾《そつじ》ながらお尋ねいたす」

左近は後ろから声をかけた。

「わしかな」

男は足をとめて振り返った。皺《しわ》が多く、小鼻が張っている。五十代半ばの貧相な顔立ちの男だった。

「いかにも、桐島さまでございましょうか。さきほど、門から出られたのを目にいたしたもので」

左近は桐島ではないと分かっていたが、わざとそう訊いた。主人の名を出せば、こちらの話を聞かざるを得ないだろうと思ったのだ。

「い、いや、てまえは桐島家にお仕えする者でござる」

男は顔を赭黒《あかぐろ》く染めて、声をつまらせた。主人と間違われて慌てたのだろう。

「さようか。……いや、家臣の方でもかまわぬ。少々、お尋ねしたき儀がござる」

そう言って、左近は男の前に立った。

「何用でござろうか」

男の顔に戸惑うような表情が浮いた。

「聞くところによると、桐島さまは剣術の稽古《けいこ》を望まれ、指南役を探しておられるとか」

左近は適当な話題を口にした。

「剣術でござるか……」

男は狐《きつね》につままれたような顔をして左近を見た。

「いや、足をとめさせては、ご迷惑でござろう。歩きながらで結構でござる」

左近はそう言って、歩きだした。男は首をひねりながら跟《つ》いてくる。

「拙者、少々、腕に覚えが……。神道無念流の免許皆伝でござる」

神道無念流を身につけていたが、免許皆伝を得ているわけではない。ただ、こう言えば、素人には強そうに聞こえるだろう。

「はぁ……」

男は返事に困っているようだった。

「桐島さまはともかく、お子がおられよう。剣術は年少のころ手解《てほど》きを受けた方が上達が早い。まごまごしていると手遅れということもありますぞ」

「ご嫡男の竹丸《たけまる》さまは、まだ五つでござるが」

男はすこし足を速めて言った。左近のことをうさん臭い牢人とみて、かかわりになりたくないと思ったようだ。

「他にご兄弟がおられよう」

なおも、左近は言いつのった。

「あとは、三つになられる女のお子だけですぞ。剣術など、無用でござる」

男の物言いに苛立ったようなひびきがくわわった。

「桐島さまは、腕に覚えの者を探しておられると聞いたのだがな」

左近が男に追いすがって言うと、

「何かの思いちがいでござろう」

急ぐゆえ、御免、とつっぱねるように言い残して、男は小走りに左近から離れていった。

……別の話をすればよかったか。

左近は足をとめて苦笑いを浮かべた。

分かったのは、桐島に五歳の嫡男と三歳の長女がいることだけである。

左近は御茶ノ水へ出て、神田川沿いの道を湯島にむかった。歩きながら、明日は別の手で探ってみようと思っていた。

道筋は淡い暮色に染まっていた。右手は神田川の土手で、左手は大小の旗本屋敷がつづいていた。通りかかる人影もなく、ひっそりとしている。川岸の枯れた葦《あし》が風にサワサワと音をたてて揺れていた。

ふと、背後に足音を聞いた。見ると、深編笠の男が足早に歩いてくる。黒鞘の大小を帯びていた。牢人体である。

……手練のようだ。

と、左近は思った。

中背で痩せた感じがするが、胸が厚く腰が据わっていた。武芸で鍛えた体であることは一目で見てとれた。歩く姿にも隙がない。

牢人は急いでいるのか大股《おおまた》で、左近の背後に迫ってきた。殺気はなかった。両腕は下げたままで、体に緊張感もない。

左近は土手際に身を寄せてすこし足を遅くした。後ろから来る牢人をやり過ごそうと思ったのである。

牢人との間がしだいに迫り、背後の足音が大きくなってくる。足音が近付き、それとなく目をやると牢人の姿が左手に見えてきた。

牢人が左近と並んだ。そのとき、牢人の歩調が左近の足と合わせるように遅くなった。

ふいに、牢人が左手で刀の鍔元をにぎった。刹那、牢人の体に緊張がはしり、鋭い剣気が放射された。

……くる！

咄嗟に、左近は右手で刀の柄を握った。

だが、すぐに牢人の体から殺気が消え、左手を鍔元から離した。そして、左近から逃げるように足を速めた。

牢人の後ろ姿が何事もなかったように遠ざかっていく。

……あやつ、おれの腕を試したのだ。

と、左近は察知した。

すれちがいざまに剣気を放ち、左近の反応を見て腕のほどを確かめたのである。

何者であろう。左近が桐島家を調べているのを知って、腕のほどをみようとしたのではあるまいか。となると、敵方の刺客かもしれない。それにしても、反応が早い。

……迂闊《うかつ》に動けぬぞ。

左近は、背筋を冷たい物で撫でられたような気がして身震いした。さらに桐島の身辺を洗えば、命を狙ってくるだろう。

第二章　闇の刺客

1

　東の空が茜《あかね》色に染まり、ちかくの裏店の表戸をあける音や、長屋から甲高い女の声などが聞こえてきた。明け六ツ（午前六時）すこし前である。いっときすれば、江戸の町も朝の活況を呈してくるはずである。

　神田亀井町、ごてごてと裏店や棟割り長屋がつづく裏路地の一角に、藤堂伸三郎《とうどうしんざぶろう》の住む借家があった。一軒家だが、居間と寝間、それに狭い台所があるだけの古い家屋である。

　藤堂は払暁とともに家の裏手にある空地に来て、木刀を振っていた。三十二歳、浅黒い肌をした目付きの鋭い男である。全身にひきしまった筋肉が付き、腕や首が太く、腰もどっしりと据わっていた。

　木刀を振り下ろす度に、凜《りん》とした朝の大気を裂く音がひびく。半刻《はんとき》（一時間）ほど、木刀の素振りをしたろうか。藤堂の額にうっすらと汗がひかっていた。

　そのとき、背後に足音がして、人の近付いてくる気配がした。妻の幸江《ゆきえ》である。

「おまえさま、朝餉《あさげ》の支度ができましたよ」

幸江は、そう言って微笑《ほほえ》んだ。

色白で、痩せた女だった。二十八歳である。子供ができないせいもあってか、夫婦になって八年も経《た》つが、まだ新妻のような振る舞いをすることがあった。

「これまでにいたすか」

藤堂は手ぬぐいで汗を拭《ふ》き、木刀を手にして家へもどった。

朝餉は粗末なものだった。めしと味噌《みそ》汁、菜は香の物だけである。それでも、めしがあるだけいい。ちかごろは、米が買えず、白湯《さゆ》だけで我慢することもしばしばだった。幸江が痩せているのは、食べ物が十分でないせいもあるのである。

「母上の具合はどうだ」

膳の前に座りながら、藤堂が訊いた。

藤堂の母親であるお繁《しげ》は、一年ほど前から労咳《ろうがい》をわずらい、ちかごろは寝たきりでときどき吐血するようになった。骨と皮ばかりに痩せ衰え、幸江の手を借りなければ厠《かわや》へも行けないありさまだった。

「今朝は、すこし気分がいいようですよ。すこし、粥《かゆ》も召し上がったし」

幸江が奥の寝間を振り返りながら言った。

幸江はお繁のために粥を作り、先に食べさせたようだ。

「暖かくなれば、すこしは良くなるかもしれぬ。ともかく、うまい物を食って養生するしかないのだ」

藤堂は母親の命が長くないことを知っていた。

お繁は五十一歳だが、老婆のようだった。長年の苦労と病がお繁の生気を奪い、死の淵にいることはだれの目にも明らかなほど衰弱していた。

藤堂家は八十石の御家人だった。父親の泉右衛門《せんえもん》が御徒衆だったこともあり、藤堂は少年のころから鏡心明智流《きょうしんめいち》の北山兵衛門《きたやまへいえもん》の道場に学んだ。それというのも、御徒頭は武芸の達者な者がつとめることから、家禄のすくない者でも抜擢されることがあったからである。

藤堂が二十歳になったとき、泉右衛門は病弱を理由に家督をゆずって隠居した。藤堂は御徒衆として出仕し、剣の腕が抜きんでていることからいずれ御徒頭に推挙されるだろうと噂されていた。

ところが、幸江を嫁にもらった一年ほど後、藤堂を思わぬ不幸が襲った。その夜、同じ御徒衆の青島兵部《あおしまひょうぶ》という男が、酒席で藤堂にからんできた。青島は酒に酔い、ひごろから藤堂の剣名を妬《ねた》んでいたこともあって、立ち合いを挑んだのだ。

藤堂はまったく相手にしなかったが、そうした藤堂の態度に青島は愚弄《ぐろう》されたと思ったらしく、突然顔色を変えて殴りかかってきた。

そのとき、藤堂もいくぶん酔っていた。青島を組み伏せて押さえつければよかったのだが、殴り返し、青島がのけぞったところを突き飛ばした。

青島は障子を破って廊下へ転がり、さらに階段から転げ落ちた。そのとき、青島は後頭部を柱に強く打ちつけて落命してしまった。まさに、青天の霹靂《へきれき》であった。

幕閣の処分は軽くなかった。酔った揚げ句の私闘として、藤堂家と青島家は改易に処せられ、俸禄を失い屋敷を没収されたのだ。何よりも辛《つら》かったのは、士籍を除かれ武士の身分を失ったことである。

このとき、すでに泉右衛門は病死していたので、藤堂は母親のお繁、妻の幸江を連れて現在の借家に越してきた。幸い、剣の師の北山がいたく同情し、借家の借り賃を出してくれたばかりでなく、当面道場の師範代として門弟に稽古をつけることを条件に、暮らしの糧も援助してくれたのである。

ところが頼みの綱の北山も、借家に越してきた翌年には病で急逝し、藤堂は路頭に迷うことになった。

生きるために、藤堂は何でもやった。河岸での荷揚げ人足、普請場の手間賃稼ぎ、借金の取り立て、用心棒……。口を糊《のり》するために仕事を選んではいられなかったのである。ただ、藤堂は困窮のなかにあっても、武士としての矜持《きょうじ》は忘れなかった。どんなに飢えても、藤堂家に伝わる大和守安定《やまとのかみやすさだ》の刀は売らなかったし、素振りや組太刀などの独り稽古もつづけていた。いつか、武士の身分を取りもどし、仕官がかなうことを望んでいたのである。

藤堂は朝餉を終えると、母親の様子を見に寝間に行ってみた。

お繁は夜具に横たわったまま目をあけて、部屋に入ってくる藤堂を見上げた。頰《ほお》と眼窩《がんか》が落ちくぼみ、前歯を剝《む》き出していた。白髪混じりの髪が顔をおおい、幽鬼のような顔をしている。

「し、伸三郎、わたしはこのままでは死ねぬぞ。な、何としても、藤堂家を再興せねば、冥《めい》途《ど》で旦那さまに合わせる顔がないのじゃ」

お繁は声をつまらせながら言った。

ちかごろ、お繁は藤堂の顔を見ると、同じことを口にした。そして、このことを口にするとき、お繁の目が異様なひかりを帯びるのだ。それは、わずかに残っている命の炎なのかもしれない。

「母上、分かっております。伸三郎、かならず功を上げ藤堂家を再興いたしますゆえ、心安らかに養生してくだされ」

藤堂も、同じようなことを口にした。

藤堂家再興のあてなどなかった。賄賂と追従が出世の道であるこの世で、剣の腕など何の役にも立たないことは、藤堂にも分かっていたのだ。それでも、藤堂は剣を捨てなかった。武士としての矜持を守り、再興の夢を追い続けることが、困窮と絶望に耐える心の支えになっていたからである。

「それでは、母上、行ってまいります」

藤堂は母に頭を下げて座敷を後にした。

今日の行き先は、日本橋の米河岸だった。このところ、相模屋《さがみや》という米問屋に荷揚げ人足として雇われていた。舟で運んできた米俵を倉庫まで運ぶ力仕事である。体力的にはきつかったが、通常の日傭取りより金になり、仕事にあぶれることもなかった。

「おまえさま、気をつけて」

幸江は戸口まで藤堂を送り出した。

「母上のこと、頼んだぞ」

藤堂はそう言い置いて、家を出た。

薄暗い路地を歩きながら藤堂は、幸江にも苦労のかけっぱなしだな、とつぶやいた。

2

藤堂は着古した小袖と袴姿だった。無腰である。まさか、荷揚げ人足の仕事に二刀を帯びていくわけにはいかなかった。仕事場では、袴の股だちを取り襷《たすき》で両袖を絞って半裸の人足たちに混じって働くのである。

藤堂は小伝馬町の牢屋敷の脇を通り、鉄砲町に入ってすぐ左手へまがった。町筋を真っ直ぐ南にむかえば、米河岸へ出る。

前方に、掘割にかかる道浄橋《どうじょうばし》が見えてきた。その橋のたもとに人だかりがしている。何か揉めているらしく、男の怒号や女の悲鳴が聞こえた。

藤堂は足を速めた。女の悲鳴がひどく切羽詰まったものだったからである。

船頭か人足と思われる半纏《はんてん》を羽織った数人の男が、商家の娘と供の丁稚《でっち》と思われる若い男を取り囲んで、何やら言い立てていた。娘と丁稚は路傍にひざまずき蒼《あお》ざめた顔で顫《ふる》えていた。

藤堂は橋のたもとに集まっている野次馬のひとりに訊いてみた。

「どうしたのだ」

「へえ、何ですか、あの娘がよそ見をしながら歩いていて、大柄の男に突き当たったそうでしてね。すぐに詫びればよかったんだが、娘が化け物でも見るような顔をして悲鳴を上げたもんだから、男の方もカッとなっちまったらしくて」

三十がらみの男が小声で言った。

髭の濃い、六尺ほどもある大男が、娘の胸元をつかみ、

「ただじゃァすまねえ、おめえの家はどこだ」

と、凄んでいる。

「あの髭もじゃの大男か」

藤堂が訊いた。

「へい、熊造《くまぞう》という船頭でしてね。界隈じゃァ、鬼の熊造って呼ばれて怖がられてる男で、そばにいるのは船頭仲間ですよ」

「そうか」

いずれにしろ、人前で男たちが娘をいたぶるなど大人気ないと藤堂は思った。

「そのくらいにしておけ」

藤堂は熊造の脇へ出て声をかけた。

「な、なんだ、てめえは」

熊造は振り返って、吠《ほ》え声を上げた。色の赭黒い鬼のような形相の男である。娘が怯《おび》えて悲鳴を上げたのも、うなずける。

「通りすがりの者だ」

「さんぴん！　怪我《けが》をしたくなかったら、ひっ込んでろ」

熊造は声を荒らげた。藤堂が粗末な牢人体をしており無腰だったので、あなどったようだ。

「そうはいかぬ。娘から手を離さねば、痛い目をみることになるぞ」

「な、なんだと！」

熊造が立ち上がり、威嚇《いかく》するように目をつり上げ歯を剝き出した。

他の船頭も、藤堂のまわりに集まってきた。どこにあったのか、竹竿《たけざお》と天秤棒《てんびんぼう》を手にしている男もいた。いずれも恫喝するように肩をいからせ、藤堂を睨《にら》むように見すえてすこしずつ近寄ってくる。

「やむをえぬな」

藤堂はすばやく袴の股だちを取った。

「やっちまえ！」

叫びざま、熊造が殴りかかってきた。

と、藤堂は体をひらいて熊造の拳《こぶし》をかわし、片足を出して熊造の足にひっかけた。熊造は足をとられてつんのめり、前に飛び込むような格好で倒れ込んだ。舞い上がった砂塵《さじん》のなかで、蟇の鳴き声のような熊造の呻き声が聞こえた。

「やろう！」

藤堂の右手にいた男が、六尺ほどの竹竿を手にしてむかってきた。

藤堂は素早い寄り身で、頭を狙って振り下ろしてきた竹竿の下をくぐり、男の腹部に当て身をくれた。

男は喉《のど》のつまったような呻き声を洩らし、その場に腰からくずれるようにうずくまった。

藤堂は男の竹竿を手にした。

男たちは四人残っていたが、藤堂の敵ではなかった。流れるような体捌《たいさば》きで、正面にまわってきた男の肩口を打ち、反転しざま背後の男の腹を突いた。一瞬の連続技である。

残ったふたりの男は恐怖に顔をひき攣らせ、喉の裂けるような悲鳴を上げて逃げだした。

まわりにいた野次馬たちから歓声が起こった。なかには手をたたいて、喝采《かっさい》を上げる者もいた。

その人垣の後ろから四十がらみの武士がひとり、藤堂に目をむけていた。鼻梁《びりょう》の高い顎のとがった男だった。細い目が刺すようにひかっている。羽織袴姿で黒鞘の二刀を帯びていた。供はいなかったが、旗本か御家人と思われる武士である。

「娘ご、大事ないか」

藤堂は路傍で顫えている娘に近付いて声をかけた。

「は、はい……。ありがとうございます」

娘は声を震わせ、室町にある呉服屋の娘でおさきという名であることを告げた。脇にいた丁稚も何度も頭を下げて、助けてもらった礼を口にした。

「気にせずともよい。あのような乱暴者に言いがかりをつけられぬよう、以後気をつけることだな」

そう言うと、藤堂は手にした竹竿を路傍に置いて歩きだした。娘と丁稚は路傍に立ったまま、去っていく藤堂に何度も頭を下げている。

藤堂が道浄橋を渡り始めたとき、背後から走り寄ってくる足音がし、

「しばし、待たれよ」

と、声がかかった。

藤堂が足をとめて振り向くと、四十がらみの武士が立っていた。

……できる！

一目見て、藤堂は察知した。

中肉中背だったが、全身をひきしまった筋肉がおおっていた。敵を竦《すく》ませるような凄みはないが、剣の達人を思わせる威風が身辺にただよっている。

「拙者でござるか」

「いかにも。おてまえは、藤堂どのではござらぬか」

武士はおだやかな物言いで訊いた。

「いかにも、藤堂伸三郎でござる」

藤堂は武士の顔をあらためて見た。細面《ほそおもて》で鼻梁の高い目付きの鋭い男だった。どこかで見たような気もしたが、思い出せなかった。

「元御徒頭、中里杢兵衛《なかざともくべえ》にござるが、いまは小普請の身」

そう言って、中里は口元に微笑を浮かべた。

「御徒頭、中里さま……」

藤堂は思い出した。御徒衆だったときの上司である。ただ、直接指図するのは御徒組頭で、御徒頭は組頭をたばねる役柄である。それに、徒組だけで二十組もあり、滅多に顔を合わせない御徒頭もいたので、藤堂がすぐに中里のことを思い出せなかったのも無理からぬことだった。

「さきほど、ならず者を懲らしめたのを見たが、なかなかの腕だな」

中里は橋の欄干に手を置き、掘割の水面に目をやって言った。

「…………」

藤堂は中里の脇に立ち、同じように目を落とした。中里が何のために声をかけたのか分からなかったが、そのままにして去るわけにもいかなかったのである。

藤堂は中里について、上司だったことと名ぐらいしか知らなかった。いまは小普請だと言っていたが、なぜ御徒頭を致仕《ちし》したのかも聞いていない。

「おぬしの腕、生かしてみぬか」

中里が重いひびきのある声で言った。

「いかすとは？」

「おぬしが改易になったことは承知しているが、もう一度、上さまにお仕えする気があるかと訊いている」

「ま、まさか、そのようなことが！」

藤堂は、にわかに中里の言が信じられず、何と言ったらいいのか、言葉につまった。

「だが、すぐにというわけにはいかぬ。それなりの手順を踏まねばならぬし、その前におぬしには相応の働きをしてもらわねばな」

中里は名を口にしなかったが、幕閣の者が後ろ盾にいるので、士分にもどし八十石ほどで召しかかえるのは容易だろうと言い添えた。

戯言《ざれごと》ではなかった。中里の話は具体的である。

「願ってもないことでございます」

藤堂は驚喜した。

「ただ、容易な仕事ではないぞ」

「藤堂伸三郎、上さまのお役に立てるなら命も惜しくはございませぬ」

藤堂は絞り出すような声で言った。本音だった。ふたたび武士として生きられるなら、どんなことでもできると思った。

「されば、今夕、この橋のたもとに来てもらおうか。われらの任務を話した上で、おぬしの気持をあらためて聞きたい」

「承知しました」

「では、今夕」

そう言い置くと、中里は足早に道浄橋を江戸橋の方へ渡っていった。

……天はわれを見捨てなかった！

藤堂は蒼穹《そうきゅう》を見上げ、胸の内で叫んだ。

3

道浄橋のたもとで会った後、中里が連れていったのは、日本橋堀江町の伊菜屋《いなや》という料理屋だった。

道浄橋からはちかく、玄関先に石灯籠《いしどうろう》と植え込みがあり、落ち着いた感じのする老舗だった。中里は何度か利用したことがあるらしく、出迎えた女将《おかみ》に、いつもの部屋はあいているかな、と気安く声をかけた。

通されたのは二階の隅の座敷だった。すぐに茶が出され、その茶で喉をうるおすと、

「おぬしの流は」

と、中里が訊いた。

「鏡心明智流にございます」

藤堂はかしこまって答えた。

この日、藤堂は羽織袴に大和守安定を帯びていた。この日のために、大切に保存しておいた幕臣だったころの身装《みなり》で来たのである。

「そうか、おれは一刀流だ」

中里は道場名を口にしなかった。この時代、一刀流は中西派一刀流と千葉周作の北辰一刀流が隆盛で名のある剣士も多く、一刀流というだけでは師がだれなのかは分からなかった。中里はあえて道場名を話さなかったにちがいない。

「それで、どのような役職でございましょうか」

藤堂が訊いた。容易な仕事ではない、と中里が口にしたことが、気になっていたのだ。

「幕閣の密命を受けて動く隠密《おんみつ》と思えばいいだろう」

中里が声をひそめて言った。

「隠密でございますか」

藤堂は、御庭番のような仕事かと思った。

「われらは、闇仕置《やみしおき》と呼ばれておる」

「闇仕置！」

思わず、藤堂は声を大きくした。尋常な仕事ではないようだ。闇仕置という名からして陰湿で酷薄な感じがする。

「差配されるのは、御側衆板倉重利さまだ」

「板倉さま」

大物だった。御側衆は五千石高だが、将軍に近侍する老中待遇の重職である。それに、板倉はいずれ御側御用取次に抜擢されると目され、威勢は大変なものだった。藤堂も御徒衆だったころ、板倉の噂を聞いていた。

「それだけではない。板倉さまの上には幕閣のさるお方がついておられる。そのお方は、やがて幕政の舵を取られるはずなのだ」

中里はさるお方と口にしただけで、名は出さなかった。秘匿しておきたいのだろう。

「…………」

老中か若年寄であろう、と思ったが、藤堂はだれなのか分からなかった。それにしても大変な話である。

「われらは、そのお方が幕政をにぎられるまで、影で動くことになる。そのお方が幕政を掌握された暁には、われらにも相応の恩賞があるだろう。おぬしも、三百石前後の旗本にとりたてられるかもしれぬぞ」

中里はこともなげに言った。

「三百石……！」

まさに、夢のような話だった。

「だが、われらの任務は容易ではない」

中里が声をあらためて言ったとき、廊下を歩く足音がし、仲居がふたり酒肴《しゅこう》の膳を運んできた。

「ともあれ、一献」

「頂戴いたします」

藤堂はかしこまって杯を差し出した。

仲居が去り、ふたりでいっとき酒を酌み交わした後、

「われらの主な仕事は、そのお方や板倉さまに敵対する者たちをひそかに誅殺《ちゅうさつ》することなのだ」

中里は急に声を落として言った。藤堂を見つめた双眸が刺すようにひかっている。

「誅殺！」

藤堂は身を硬くした。隠密と言ったが、探索よりも斬殺が主らしい。それも、政敵の暗殺ではないか、と藤堂は思った。

「われらは目付や御庭番ではない。ひそかに闇で始末するのだ。それゆえ、闇仕置と呼ばれている」

そう言って中里は銚子《ちょうし》を手にし、藤堂の前に差し出した。

やはり、暗殺のようである。藤堂の顔が曇った。隠密ではなく、刺客である。

藤堂は杯で受けながら、

「そ、それは、板倉さまたちに対立する重臣の闇討ちということでございましょうか」

と、声をつまらせて訊いた。

己の栄進のために罪無き者を暗殺するのは、武士として恥ずべき行為ではないか。しかも、相手は剣などに縁のない執政者であろう。

「ちがうな。われらの相手は、幕府の重臣ではない。……江戸の闇に棲《す》む亡者どもよ」

中里は口元に微笑を浮かべながら言った。

「亡者……」

「そうだ。亡者よ。おぬしは知るまいが、江戸市中には亡者どもが暗躍していてな。たえず板倉さまたちの弱みや失政を探り、執政の座から引き摺《ず》り下ろそうと画策しておるのだ。むろん、板倉さまたちの命も狙っている。その者たちは、自らを亡者と称しておるようなのだ」

中里は底びかりのする双眸で藤堂を見すえ、

「まず、われらの任務は、その亡者どもを斬ること」

と、凄みのある声で言った。

「…………！」

藤堂は身震いした。得体の知れぬ敵と対峙したときのように異様に気が昂《たかぶ》ったが、怯えはなかった。武者震いかもしれない。

「亡者どもは、いずれも剣の手練だ。それに、まだ正体もつかんでおらぬ」

中里は、過去、板倉さまの配下の者が亡者たちによって、何人か闇に葬られたことを言い添え、

「どうするな。気が進まねば、この話はなかったことにしてもよいぞ」

と、語気を強くして言った。

「中里さま、やらせていただきます。藤堂伸三郎、やっと鏡心明智流の剣を生かすことができそうでございます」

絞り出すような声でそう言うと、藤堂は膳の脇に座りなおし、中里に平伏した。敵が闇に棲む亡者どもなら、躊躇《ちゅうちょ》することはない。存分に剣をふるうことができるだろう。

「しばらくは、おれの指図で動いてもらうぞ」

「はい」

「面《おもて》を上げろ、今宵《こよい》は飲もう」

中里は満足そうな笑みを浮かべ、藤堂に酒をついだ。

それから中里は、当面の間、御徒衆と同程度の合力をすることを約し、

「これは、それまでのつなぎにするがよい」

と言って、五両手渡してくれた。

「かたじけのうございます」

藤堂は押し頂くようにして受け取った。

ありがたかった。これで、母の薬も買えるし、当分飢えに苦しむこともない。それに、いずれ仕官できることを知ったら、母も幸江もどんなに喜ぶであろう。ふたりの喜ぶ姿が脳裏

に浮かぶと、藤堂の胸に熱い思いが衝《つ》き上げてきた。八年にも及ぶ苦難の暮らしから逃れ、やっと武士として真っ当に生きていけそうである。

「ただし、われらの任や板倉さまのことは他言無用にせねばならぬぞ」

中里は念を押すように言った。

4

「これは、新見《にいみ》さま、よくおいでくださいました」

茂蔵は満面に笑みを浮かべて、新見左之助《さのすけ》を迎えた。

茂蔵の福相が笑うと恵比寿のような顔になった。だれの目にも、愛想のいい商家の旦那に見える。

湯島切通町、湯島天神の裏手にある料理屋、清水屋《しみずや》の座敷である。この夜、茂蔵は小石川に屋敷のある旗本、榎田《えのきだ》家の用人、新見を清水屋に招待したのだ。理由は献残物の売買で便宜をはかってもらったからということになっていたが、その実、榎田家のちかくにある桐島定之助のことを聞き出すためである。

献残屋は献上品の売買のため旗本や御家人の屋敷に出入りし、主人や用人と接触することが多かった。そうした商売上の知り合いのなかから、茂蔵が桐島家の近くにある榎田家の用人を選んだのである。

茂蔵は、左近から桐島家を探ったが、うまくいかなかったことを聞き、それなら、てまえがやってみましょう、ちかくに、知り合いもおりますので、そう言って、左近の後を引き継いだのだ。

「亀田屋、すまぬな。たいした商いにはならなかったろうに」

初老の新見は、首をすくめるようにして言った。

新見の言うとおり、榎田家に献上品として納めたのは八両ほどである。たいした儲《もう》けにはならなかったが、饗応《きょうおう》は口実である。

「いえいえ、新見さまのお蔭で儲けさせていただきました。それに、こうした商売は後のお付き合いがなにより大事でございましてね」

茂蔵は揉み手をしながら愛想笑いを浮かべた。

そのとき、女将と仲居が顔を出した。茂蔵はふたり分の酒肴を頼み、女将と仲居が去るのを待ってから、

「実をもうしますと、新見さまをお呼びしたのは、商人《あきんど》としての下心もございまして」

茂蔵は目を糸のように細めて言った。

「下心とはなんだ」

新見は警戒するような目で茂蔵を見た。

「はい……。榎田さまのお近くに、桐島さまのお屋敷がございましょう」

「あるが」

新見が訝しそうな顔をした。

「新見さまもご存じのとおり、てまえどもは口入れ屋もやっております」

「そうだったな」

「小石川のお旗本に奉公の口利《くちき》きをした中間から耳にはさんだのでございますが、なんですか、桐島さまのお屋敷には、大身のお旗本や高貴なお方の使いが頻繁に出入りしているとか」

「まァな」

新見は言葉を濁した。

「手前が考えますに、贈答品や献上品がかなり集まっているのではないかと」

そう言って、茂蔵は上目遣いに新見の顔を見た。

「ちかごろ、だいぶ、羽振りはいいようだな」

新見はおもしろくなさそうに顔をしかめた。奉公人でも、隣家の羽振りがいいのは気に入らないのだろう。

「なんですか、室町の山城屋さんが、だいぶ呉服などを納めているとか」

茂蔵は水をむけてみた。

「たしかに、山城屋がときおり出入りしているようだの」

「桐島さまは御納戸頭だそうですので、山城屋さんが出入りするのは当然でございますねえ」

「そうだの」

新見は気乗りしないような返事をした。

「何か、身分の高そうなお旗本の使いの方もよくお見えになるとか」

かまわず、茂蔵は訊いた。

「板倉重利さまの用人だよ」

新見は顔をしかめたまま言った。

「板倉さまともうしますと、御側衆の」

茂蔵は岩井から板倉のことは聞いていたが、驚いたように目を剝いた。

「そうだ。桐島さまは板倉さまの腰巾着《こしぎんちゃく》とのことだ」

新見の口元に揶揄《やゆ》するような嗤いが浮いた。

「なるほど、それで、献上品なども多いのでございますね。ですが、相手が板倉さまでは、お使い物は出る一方でございましょう」

「それが、そうではないのだ。実はな……」

新見が声をひそめてそう言いかけたとき、障子があいて、仲居が酒肴の膳を運んできた。

ふたりは急に話題を変え、だいぶ春らしくなってきたとか、亀戸の臥竜梅《がりょうばい》が咲いたとか、どうでもいいことを口にした。

ふたりの仲居が、配膳を終えて座敷から去ると、

「新見さま、その節はいろいろ便宜をはかっていただき、助かりました」

茂蔵はそう言って銚子を取り、新見の杯に酒をついでやった。

その杯を飲み干したところで、

「さきほどの話だがな」

そう言って、新見が身を乗りだした。

「大名の御留守居役などが、来るのだ」

顔に嫌悪の色がある。桐島家のことを快く思っていないようだ。それに他家を誹謗《ひぼう》するような話は嫌いではないらしい。

「御留守居役が」

茂蔵は驚いたような顔をした。

「出羽の東山《ひがしやま》藩と但馬《たじま》の根岸《ねぎし》藩だ」

「それは、またどうして？」

東山藩は七万石、根岸藩は五万三千石。両藩とも外様《とざま》だった。御納戸頭の桐島とかかわりがあるとは思えなかった。

「わしも、くわしいことは知らぬが、両藩とも藩内に揉め事があって、桐島さまと昵懇の板倉さまの力添えを望んでいるのではないかな」

「さようでございますか」

桐島をとおして、板倉に取り入ろうとしているのかもしれない。

「ところで、亀田屋、いままで桐島家と商売をしたことはないのか」

新見が訊いた。

「はい、まったく」

「それでは、むずかしいかもしれんな」

新見は、日本橋の呉服屋が桐島家に出入りさせてもらおうと、だいぶ金を使って用人に近付いたが、結局断られたことをかいつまんで話し、

「あきらめた方がいいぞ。あの屋敷では、出入りしようとした商人が曲者《くせもの》とまちがわれて斬

られたという話もあるのでな。下手《へた》に屋敷に近付くと、斬り殺されるかもしれんぞ」

新見は茂蔵を睨むように見すえて言い、急に顔をくずして、まァ、それは冗談だ、とつけ加えた。

それから、茂蔵はさらに桐島定之助や屋敷に出入りする者のことを訊いたが、たいしたことは聞けなかった。ただ、桐島は二百石の旗本だったが、板倉に密着するようになってから、階段を駆け上がるように出世し、三年ほどの間に七百石高の御納戸頭に栄進したという。

「いずれ、奉行か御側衆まで出世されるのではないかと噂されている」

新見は憎々しげに顔をしかめて言った。

5

茂蔵は新見と会った翌日、小石川に足を運んだ。新見から桐島家の用人、久保田《くぼ》稲十《たとうじゅう》の名と容姿を聞き出したので、接触してみるつもりだった。商売を許され屋敷内に出入りするのは無理としても、話ぐらいは聞けるだろうと思ったのである。

茂蔵は屋敷の斜向かいにある稲荷の祠の陰から桐島家の長屋門に目をむけていた。左近が張り込んでいたのと同じ場所である。

四ツ（午前十時）ごろだった。早春らしい陽射しのかがやきのなかにかすかに花の香がした。稲荷のせまい境内《けいだい》に梅の古木があり、白い花を咲かせている。

その梅の香を嗅《か》ぎながら小半刻《こはんとき》（三十分）ほどたたずんでいると、恰幅《かっぷく》のいい大店の旦那ふうの男が手代らしい男をふたり連れ、せわしそうな足取りで長屋門のくぐり戸から屋敷内に入っていった。

……山城屋だ。

茂蔵は山城屋の前を通り主人の顔を確かめていたので、すぐに分かった。

それからいっときすると、今度は三人の供侍を連れた長身の武士がくぐり戸から入っていった。

……旗本ではないようだ。

裃姿ではないし、中間や草履取りなども連れていなかった。それに、表門をあけずにくぐり戸から入ったところを見ると、お忍びで来たようである。大名家の御留守居役が密談のために来たのかもしれない。考えられるのは、桐島、山城屋、御留守居役三者の密談である。

それから、半刻（一時間）ほどすると、まず山城屋が、すこし間を置いて御留守居役らしい武士が桐島邸から出ていった。

茂蔵はさらに祠の陰でねばったが、目当ての久保田らしき男は出てこなかった。すでに、九ツ（正午）を過ぎていた。茂蔵は腹がへってきた。

……めしでも食って出直すか。

そう思ったときだった。

お仕着せらしい法被《はっぴ》を着た中間らしい男が、くぐり戸から出てきた。

……あの男に訊いてみるか。

と思い、茂蔵は男の後を追った。

男は神田川の方に歩いていく。茂蔵は一町ほど足早に歩いて追いつき、後ろから声をかけた。

「もし、お尋ねいたしますが」

「おれかい」

男が振り返った。三十がらみ、赤ら顔の眉《まゆ》の濃い男だった。

「はい、ただいま、桐島さまのお屋敷から出てきたのを見かけたのですが」

茂蔵は男と歩調を合わせ、肩を並べて歩きながら訊いた。

「おめえは」

うさん臭そうな目で、茂蔵を見た。

「てまえは、京橋で口入れ屋をやっている者でございます」

そう言うと、茂蔵はすばやくふところから財布を取り出し、小粒銀を男ににぎらせた。

「ヘッへへ……。すまねえなァ。それで、おれに何の用だい」

とたんに男は相好をくずし、中間の竹吉《たけきち》と名乗った。

「いえ、さきほどお屋敷から出ていかれたお武家さまですが、てまえがお世話になっている方のような気がしましたもので」

茂蔵は、まず御留守居役ふうの武家の正体を聞き出そうと思った。

「人ちがいじゃァねえかな。さっき出てったのは、お大名の御留守居役だぜ」

「まさか、お大名の御留守居役が」

思ったとおりだったが、茂蔵は信じられないといった顔をした。

「嘘《うそ》じゃァねえ。出羽の東山藩だ」

竹吉はむきになって言った。

「それで、どなたなんです？」

「御留守居役の井坂文兵衛《いさかぶんべえ》さまよ」

「さようでございますか。それで、井坂さまはいったい何の用があって、桐島さまのお屋敷に見えられたのです」

東山藩のことは、新見が口にしていた。何か揉め事があって、板倉の力添えを望んでいるらしいといっていた。

「そ、そこまでは知らねえよ」

竹吉は声をつまらせて言った。そして、茂蔵の方を振り向くと、

「おめえ。何でそんなことを訊くんだい」

と言って、不審そうな顔をした。

「いえ、大名の御留守居役がお旗本のお屋敷に何の用があるのかと思いましたもので……。ところで、桐島さまが中間を何人か雇いたがっていると耳にしましたが、ほんとのところどうなんです」

「そんな話はねえぜ」

竹吉はすこし足を速めた。その赤ら顔に警戒するような色がある。茂蔵に不審を抱いたのかもしれない。

ふたりは神田川沿いに来ていた。湯島の聖堂が前方左手に見える。

「桐島さまの内証《ないしょう》は、だいぶいいと聞いてますが」

「ああ、内証はいいようだぜ。うちの殿さまは、いい金蔓《かねづる》をつかんでるからな」

そう言うと、竹吉はさらに足を速めた。

「金蔓といいますと」

茂蔵も足を速めて執拗に訊いた。

「まァ、いろいろとな。おっと、ここで、おさらばだ」

ふいに竹吉は、左手の路地へまがると、そこで、めしを食うんでな、そう言い残し、小走りに去っていった。

……金蔓か。

茂蔵は竹吉の後ろ姿を見ながら、山城屋だろう、と思った。

そのまま神田川沿いの道を歩き、聖堂を過ぎたところでそば屋をみつけると、茂蔵は腹ごしらえをした。そして、桐島邸のそばの稲荷にもどり、久保田が出てくるのを待った。

新見の話だと、久保田は五十がらみ、痩身で猫背とのことだった。見ればすぐに分かると言っていたが、それらしい男はなかなか姿を見せなかった。

陽が西にかたむき屋敷の影が路上をつつむころになって、茂蔵はあきらめた。明日出直すか、別の手を考えようと思ったのである。

茂蔵は神田川沿いの道へ出て、神田へむかった。今日のところは、このまま亀田屋へもどるつもりだった。

湯島の聖堂の前を過ぎ、昌平橋のそばまで来たとき、茂蔵は何気なく振り返った。

半町ほど後ろを、男がひとり歩いていた。

……あの男、聖堂ちかくでも見かけたが。

縞の着物を尻っ端折りし、股引姿だった。手ぬぐいで頰っかむりしていて、顔ははっきりしないが、格好はぼてふりか職人といった感じである。

ただ、尾けている感じはしなかった。体に緊張感がなく、行き交う通行人と同じように、ごく自然に歩いている。

茂蔵は後ろの男に気付かれぬよう微妙に足を速めてみた。しばらく歩いて、それとなく後ろに目をやると、以前とほぼ同じ間隔を保ったままついてくる。

……やつは、おれを尾けている！

茂蔵は確信した。

それも巧みだった。物陰に身を隠すようなことはせず、通行人の流れに溶けていた。茂蔵でなかったら、尾行者とは思ってもみないだろう。

敵方とみていい。茂蔵が桐島邸を探っているのに気付いて跡を尾けてきたにちがいない。

……さて、どうしたものか。

と、茂蔵は思った。

この道筋で、茂蔵を襲うとは思えなかった。昌平橋を渡った先は、賑《にぎ》やかな八ツ小路である。さらにその先は日本橋へ通じる大勢の通行人の行き交う大通りだった。どこにも襲うような場所はない。

おれの塒《ねぐら》をつきとめるつもりかもしれんな、と茂蔵は思った。茂蔵ひとりが狙いではなく、仲間の影目付の所在をつかむつもりなのだろう。

……まくしかない。

敵方に、亀田屋が影目付の密会場所になっていることをつかまれてはならぬ、と茂蔵は思った。そのことを敵方が知れば、いずれ岩井をはじめとする仲間の正体をつかまれてしまうだろう。

茂蔵はさらに足を速めた。そして、駕籠や荷を積んだ大八車などの前になるのを避けて、背後の男から自分の姿がよく見えるように歩いた。仕掛けるのは、人の混雑している日本橋を渡ってからだった。それまで、間をつめさせないようにしたのである。

日本橋は大勢の人が行き来していた。店者、ぼてふり、職人、僧侶、供連れの武士、町娘……。さまざまな身分の老若男女で、ごった返している。

茂蔵は通行人の間を縫うようにして歩いた。それとなく、振り返って見ると、男は小走りになり、茂蔵との間をつめようとしていた。人混みのなかで見失うのを恐れたのであろう。

茂蔵は橋の途中まで来ると、米俵を積んだ大八車の前にまわった。そうやって、自分の姿を尾けてくる男の目から消すと、突如走りだした。そして、行き交う人々の間を縫い、橋詰の高札場《こうさつば》の前の人だかりのなかへ走り込んだ。

尾行者は慌てて追いかけたはずである。だが、茂蔵の姿はとらえられなかっただろう。

茂蔵は人だかりを抜け、日本橋川沿いの道を通って呉服橋のたもとに出た。振り返っても、男の姿はなかった。

……まいたようだ。

茂蔵は外壕《そとぼり》沿いの道をゆっくりと京橋方面へむかった。歩きながら、強敵だ、と思った。おそらく、戸暮と柏を斬殺した者たちにちがいない。岩井が言ったとおり、矛先は桐島と山城屋の探索を始めた影目付にむけられているようである。

6

黒鍬の弥之助は、山城屋の店舗の脇のくぐり戸から出てきた女を目にすると、足早に近付いた。痩せて肌の浅黒い大年増である。黒襟のついた粗末な袷《あわせ》で、下駄をつっかけていた。おそらく、山城屋に勤めている通いの女中であろう。

「姐《ねえ》さん、待ってくれ」

弥之助は後ろから声をかけた。

「あたしに何か用かい」

女は振り返ったが、足はとめなかった。つっけんどんな物言いである。

「姐さんは、山城屋さんに奉公してるんですかい」

弥之助は女と歩調を合わせて訊いた。

黒の半纏に股引、手ぬぐいを肩にひっかけていた。船頭か出職の職人といった身装《みなり》である。

「そうだけど。あんた、だれなの」

女はすこし路傍に身を寄せて訊いた。

すでに陽は沈み、表通りは暮色に染まっていたが、仕事を終えた職人やぼてふりなどが足早に通り過ぎていく。

「弥吉《やきち》といいやす。船頭でして」

弥之助は偽名を使った。船頭は事実である。

「それで、何の用なのさ」

女は苛立った口調で訊いた。

「へい、あっしの妹が、山城屋さんに奉公してえっていうもんでね。見たところ、繁盛してるようだし、あれだけの大店なら手当も悪くねえだろうと、あっしも思いやしてね」

「妹さんがね」

女は不審そうな目を弥之助に向けた。

「それで、どんなもんでしょうかね。妹のやつ、掃除でもめし炊きでも何でもやるっていってるんですが」

「だめだね、女手は足りてるよ」

女は愛想もなく言った。

「そうですかい。……ところで、姐さんはでえじょうぶでしたかい」

弥之助が声をひそめて訊いた。

「大丈夫って何が」

女が足をとめて振り返った。

「なに、山城屋さんで何か揉め事があって奉公人が大怪我《おおけが》をしたとか、やめさせられたとか耳にしやしたんでね」

弥之助は鎌《かま》をかけたのである。あるいは、戸暮と柏が殺された件で、店の内部で何か騒動があったのではないかと推測したのだ。

「そういえば半月ほど前、主人の久右衛門《きゅうえもん》さんや番頭さんが奉公人たちを集めて、何やら騒いでいたけど……」

「やっぱり」

「でもね、だれも怪我などしてないし、やめさせられた者もいないよ」

そう言うと、女は、あたしは行くよ、暗くなる前に帰らないとね、そう口にし、下駄を鳴らして弥之助のそばから離れていった。

……半月ほど前か。

やはり、何かあったな、と弥之助は思った。ちょうど、柏条二郎が柳原通りで殺されたころである。

弥之助は山城屋の方にもどりながら、奉公人に様子を訊く必要がありそうだ、と思った。騒動の原因が分かれば、柏殺しとかかわりがあるかどうかもはっきりするだろう。

町筋は濃い暮色につつまれていた。通りには、ぽつぽつ人影があったが、室町の表通りに面した大店は板戸をしめ、ひっそりとしていた。

弥之助は山城屋の土蔵造りの店舗を見ながら、

……忍び込んでみるか。

と、思った。

山城屋には、表通りに面した店舗と、裏手に土蔵と下働きの奉公人などが住んでいる長屋があった。表通りに面した土蔵造りの店舗は強固で、表戸をしめられたら侵入は不可能である。店舗の脇は忍び返しのついた板塀とくぐり戸になっていたが、そこからも入ることはできない。

弥之助は細い路地をたどって裏手にまわってみた。裏店の間に狭い空地があり、そこを進むと敷地の裏手を囲った板塀に突き当たった。

……あそこだな。

何とか越えられそうである。板塀は六尺ほどで、手を伸ばせば塀の先端にとどく。

弥之助は身軽で敏捷《びんしょう》だった。塀の先端に手をかけ、首を塀の上へ持ち上げると、爪先で塀を上り、右足を塀の先端にかけた。

弥之助は塀の上に腹這《はらば》いになり、敷地内に着地しようとした。そのときだった。弥之助は背後に物音を聞き、鋭い殺気を感知した。

……敵だ！

瞬間、弥之助は塀を蹴《け》って、空地の叢のなかに飛んだ。

戛《かつ》、という乾いた音がし、板塀に何か突き刺さった。

手裏剣である。

叢に身をかがめながら音のした方に目をやると、夜陰のなかに人影があった。

弥之助の方に疾走してくる。ザザザ、と叢を分ける音がし、黒い人影が迫ってくる。異様だった。獲物を追う黒い野犬のようである。

弥之助はふところから鉄礫《つぶて》を取り出し、走りざま連続して打った。当たれば肌を裂き、骨を砕くはずである。

一瞬、男の足がとまり、板塀際へ飛んだ。

ふいに男の姿が消えた。丈の高い雑草のなかに身をひそめたらしい。姿は見えないが、かすかに叢を分けるような音がし、気配だけが迫ってくる。

……常人ではない！

弥之助は走った。ここは逃げるしか手はなかった。

ふたたび大気を裂く音とともに手裏剣が飛来し、肩先をかすめた。弥之助は走りざま、気配のする方に鉄礫を打った。だが、当たらない。

裏店のつづく路地を抜け、表通りへ走り出た。背後から迫ってくる足音は聞こえなかった。気配も消えている。追うのをあきらめたようだ。

ちかくで話し声が聞こえ、提灯《ちょうちん》の明りが見えた。若者が三人、笑いながら日本橋の方へむかって歩いていく。

弥之助は走るのをやめて歩きだした。ときどき、振り返って見たが、尾けてくる人影はない。

……刺客だ！

弥之助は寒気を覚えて身震いした。異様な興奮と恐怖で全身に鳥肌がたっている。岩井が言っていた敵の刺客だろうと思った。

7

「容易ならざる相手のようだな」

岩井が低い声で言った。行灯の灯に、双眸が熾火《おきび》のようにひかっている。影目付の頭らしい凄みのある顔である。

亀田屋の離れに五人の影目付が集まっていた。岩井、茂蔵、左近、弥之助、牧村である。茂蔵が手先の万吉《まんきち》を使って岩井を除いた三人に知らせ、岩井には繋《つな》ぎ役でもある弥之助が連絡を取ったのである。

万吉は茂蔵が黒鍬頭をしているときから仕え、茂蔵たちが影目付であることも知っていた。五十路を過ぎた老齢で、口が堅く、律義な男だった。

岩井たちは、いつもと姿を変えていた。岩井は牢人体だったし、左近と牧村も集まったときは町人体で手ぬぐいで頬っかむりをしていた。茂蔵が、姿を変えてひそかに集まるよう万吉や弥之助に伝えさせたからである。

「はい、迂闊に桐島邸や山城屋に近付けませぬ」

そう言って、茂蔵は、桐島邸付近で聞き込んだことを伝えた後、町人体の男に尾行され日本橋でまいたことを話した。

「わたしも尾けられましたが、牢人体でした」

左近が神田川沿いの道で尾行されたことを話し、

「そやつ、なかなかの手練で、すれちがいざまわたしの腕を確かめましたよ」

と、苦笑いを浮かべて言い添えた。

「どうやら、別人のようだな」

岩井が言った。

「てまえに仕掛けてきたのは、黒ずくめの妙なやつでした」

弥之助が山城屋の裏手で襲撃されたときのことをかいつまんで話した。

「手裏剣を遣ったのか」

「はい、棒手裏剣でした」

「そやつ、忍者かもしれんな」

「忍者ですか」

弥之助が聞き返した。他の男たちも、驚いたような顔をして視線を岩井に集めている。

「伊賀者のなかには、ひそかに家伝の忍びの術を身につけている者もいると聞く」

岩井が一同に視線をめぐらして言った。

忍術を身につけた伊賀や甲賀の者が隠密御用をつとめたのは、江戸初期だけである。いまは幕府に仕える伊賀者も、大奥の警護や風紀取締役、それに大名や旗本が屋敷替えになった明屋敷を管理する役についている。暮らしぶりは、他の御家人と変わるところはない。ただ、多くの伊賀者のなかには、家伝の術をひそかに継承している者もいるのであろう。

「強敵だな」

めずらしく岩井の顔がけわしかった。

剣の手練だけなく、忍者のように特異な術を会得した者もくわわっているようである。

「きゃつらは、桐島と山城屋の周辺に目を配っているようです。おそらく、こたびの一件の探索を阻止しようとしているのでございましょう」

茂蔵が、桐島邸と山城屋に近付いた者を尾行したり襲撃したりしていることを言い足した。

岩井は黙したまま睨むように虚空を見すえていたが、

「それだけとは思えぬ」

と、顔を上げて言った。

「きゃつらは刺客だ。狙いは、わしら影目付の皆殺しにあるのかもしれんぞ」

「皆殺し……」

弥之助が目を剝いた。

「出羽守さまは、われらのことに気付き、影の集団を組織させたのかもしれぬ」

岩井によると、忠成も影目付という名で呼ばれる集団であることまでは知らぬだろうが、いままでの事件を通して、信明の命にしたがって動く影の集団があることに気付いたのであろうという。

「そして、このまま放置できぬと考えた出羽守さまは、配下の板倉さまに指示して同じような影の組織を作り、こたびの一件を秘匿すると同時に、われらの抹殺も命じた。そう考えれば、きゃつらの動きが腑《ふ》に落ちよう」

「いかさま」

茂蔵がうなずいた。

「桐島の屋敷と山城屋は、きゃつらが網を張っているとみた方がいいだろう、われらを始末するためにな」

岩井がそう言うと、

「お頭、桐島の屋敷と山城屋に近付かなければ、探りようがありません」

弥之助が困惑したように言った。

「なに、手はある」

岩井は、夜、単独で桐島邸と山城屋に近付かぬよう念を押した後で、

「まず、屋敷や店の外で、話の聞けそうな者をひとり捕らえて口を割らせようではないか。それから、東山藩と根岸藩から探る手もある」

と、言った。

そのとき、黙って聞いていた左近が、

「お頭、斬るか、斬られるか、勝負をせねば、始末のつかぬ相手と思いますが」

と、抑揚のない声で言った。憂いをふくんだ翳のある顔だが、双眸だけはするどくひかっていた。

「そのとおりだ」

「されば、むこうからの襲撃を待たずに、こちらから仕掛けてもいいのではありませぬか」

「どうするな？」

「おびきだして、斬りましょう」

左近が虚空を凝視したまま低い声で言った。

第三章　罠

1

左近は稲荷の祠の陰から通りへ出た。ぶらぶらと桐島邸の方に歩いていき、様子をうかがうように長屋門の前にたたずんでから御茶ノ水へむかった。

暮れ六ツ（午後六時）を過ぎていた。武家屋敷のつづく通りは、ひっそりとして人影はなかった。

左近は神田川沿いの通りへ出ると、神田方面にむかいながら川面に目をやった。猪牙舟《ちょきぶね》が一艘《いっそう》、左近の歩調に合わせるようにゆっくりと下ってきた。舟にふたり乗っている。艫《とも》に立って櫓《ろ》を握っているのが弥之助だった。もうひとり船梁《ふなばり》に腰を下ろしている牢人ふうの男が、牧村稔二郎である。牧村の柿茶の小袖と同色の袴は夕闇に溶けていた。通りかかった者が目をやっても、そこに牧村がいることには気付かないかもしれない。

左近が囮《おとり》になり、敵をおびき出して三人で始末しようという策である。

左近は背後に気を配りながら歩いた。前方の夕闇のなかに湯島の聖堂の甍と樹影が見えてきた。

通りは暮色に染まり、人影はない。足元から汀《みぎわ》に寄せる水音が聞こえてくる。仕掛けるにはいい場所だった。襲ってくるならこの辺りか、と左近が思ったとき、背後でかすかな足音が聞こえた。

……来たな！

振り返って見ると、人影が見えた。まだ、遠方ではっきりしなかったが、大小を帯びていた。武士である。小走りに迫ってくる。

……前にもいる！

一町ほど前方にも人影があらわれた。やはり武士である。

前後のふたりは、小走りに迫ってきた。前の男は挟み撃ちにするつもりで待ち伏せていたのだろう。

左近は片手を上げて、舟のふたりに合図を送った。

すぐに、弥之助が舟を岸辺に寄せ、水押しを浅瀬に乗り上げて舟をとめると、まず牧村が、つづいて弥之助が舟から飛び下りた。そして、葦の茂った土手の斜面を這うようにして上ってきた。

左近はふたりが上がってくる近くの川岸に立った。そこでふたりを迎え撃つつもりだった。

道の前後から、ふたりの男が走り寄ってきた。前方から来る男の体軀《たいく》に見覚えがあった。中背で痩身、胸が厚く腰が据わっている。以前、左近を尾けた深編笠の武士である。顔が浅黒く、眼光がするどい。いかにも剽悍《ひょうかん》そうな面構えだった。

後方から近付いた武士も、遣い手のようだった。偉丈夫で、首や腕が異様に太い。膂力《りょりょく》が強く剛剣の主であろう。腰に帯びた大刀も定寸より長そうだった。

「うぬら、何者だ」

左近が誰何した。まだ、ふたりは弥之助と牧村が土手の叢にひそんでいることに気付いていない。

「そこもとらと同じ影の者」

中背の男がくぐもった声で言った。

「出羽守さまの手の者か」

そう言って、左近は川岸を背にした。

「われらは闇仕置……」

「闇仕置だと」

左近が聞き返した。

「うぬらを仕置するのよ」

そう言って、中背の男が前に立って抜刀した。すかさず、大柄な男が左手にまわり込んできた。

「網にかかったな」

左近がそう言ったときだった。

大気を裂く鉄礫の音がし、大柄な男が喉のつまったような声を上げてのけ反った。弥之助の打った鉄礫が、男の右胸に当たったのだ。

「罠《わな》だ!」

叫びざま、中背の男が後じさった。

土手の叢から、弥之助と牧村が飛び出した。牧村は刀を八相《はっそう》に構え、大柄な男のそばに疾走した。

「おのれ!」

大柄な男は憤怒に顔を赭黒く染め、二尺八寸はあろうかと思われる剛刀を青眼に構えて牧村と対峙した。すでに胸に当たった鉄礫は落ちていたが、男の胸部はどす黒い血に染まっていた。

タアッ!

一気に間をつめた牧村は、鋭い気合を発して八相から袈裟《けさ》に斬り込んだ。

おおっ！　と声を上げざま、大柄な男が青眼から刀身を撥ね上げた。

キーン、という金属音がひびき、夜陰に青火が散って、ふたつの刀身がはじき合った。

次の瞬間、牧村が刀身を返しざま横に払った。男の脇をすりぬけながらふるった二の太刀である。

切っ先が大柄な男の鼻梁と右頰の肉をえぐった。

ピッ、と血が飛んだ。

つづいて噴出した血が赤い布でおおうように男の半顔を染めた。男は目をつり上げ、獣の咆哮《ほうこう》のような怒号を上げて刀をふりかざした。閻魔《えんま》のようなすさまじい形相だった。血まみれだが、まだ刀はふるえるようである。

一方、土手から飛び出した弥之助は、左近と対峙している中背の男にむかって鉄礫を打った。

中背の男はさらに後じさりながら、正面に飛来した鉄礫を刀身ではじいた。

やはり手練である。鉄礫をはじいても、体勢はくずれず、左近の攻撃にもそなえている。

左近もすばやい動きで、中背の男に迫った。

そのとき、ふいに大柄な男が反転し、左近の前に突進してきた。

「逃げろ！　村上《むらかみ》」

大柄な男は大声で叫び、左近の前に立ちふさがった。まだ、動けるようである。

「佐久間《さくま》、うぬも引け！」

中背の男が声を上げた。

「この場は、おれが引き受ける。行け、村上！」

大柄な男は剛刀を大上段にふりかぶった。

すさまじい気魄《きはく》だった。敵が踏み込んでくれば、相討ちを狙って正面から斬り下ろす気である。血まみの形相とあいまって、鬼神を思わせるような迫力があった。

「すまぬ、佐久間」

一声叫ぶと、中背の男は反転して駆けだした。

左近も牧村も踏み込めなかった。相討ちを狙って上段からただ一撃に敵の正面に斬り下ろすほど、おそろしい太刀はないのだ。

対峙したまま数瞬が過ぎた。

「どきゃァがれ！」

脇にいた弥之助が、大柄な武士にむかって連続して鉄礫を打った。

にぶい音がし、鉄礫は大柄な武士の腹と胸に当たった。グワッ、という呻き声を上げ、男の巨軀がよろめいた。

その瞬間、左近が飛び込みざま鋭い気合を発して、刀身を一閃させた。

武士の首が横にかしぎ、首根から血が奔騰した。左近の刀身が、武士の首を薙いだのだ。

武士は血を撒《ま》きながら数歩よろめき、ドウと倒れた。路傍の叢に伏臥した武士はもそもそと四肢を動かしていたが、すぐに動かなくなった。絶命したようである。

「鬼のようなやつだ」

弥之助が倒れた男を覗き込みながら言った。

「ひとりは逃げられたな」

牧村も倒れた死体のそばに近寄ってきた。すでに、走り去った男の姿は闇のなかに消えていた。

「こやつ、佐久間と呼ばれたようだが」

左近は逃げた男が口にした名を言った。

「佐久間廉太郎《やすたろう》だよ。会うのは初めてだが、噂は聞いたことがある」

牧村によると、佐久間は御小十人組《おこじゅうにんぐみ》で、中西派一刀流を学び、剛剣を遣うことで知られていたという。

「逃げた男は、村上という名のようだが」

左近は覚えがなかった。あれだけの手練なら、名を聞いていてもおかしくないが、心当たりもない。

「おれも知らぬ」

牧村は首をかしげた。

「いずれにしろ、また立ち合うことになろうな」

ちかいうち、左近たちの前にあらわれるだろうと思った。

左近は倒れている佐久間のそばにかがみ込むと、佐久間の袖口で刀身の血をぬぐって納刀した。

「こいつ、どうします」

弥之助が死体に目をやりながら訊いた。

「このままでは通行人の邪魔だな。川へ流すか」

左近がそう言うと、ふたりはうなずいた。

三人は、路傍の死体を引きずって神田川に突き落としてからその場を去った。

2

「おまえさま、義母《はは》上は眠っておられるようですよ」

幸江が藤堂に身を寄せて小声で言った。

「では、このまま行くか」

藤堂は羽織袴姿で大和守安定を腰に帯びた。

「このところ、義母上《はは》は安心なされたようで、表情もおだやかになられました。食も進むようになったようですよ」

幸江が顔をほころばせて言った。

「それはよかった」

藤堂は、母と幸江に、剣の腕が認められて御徒頭と御側衆の推挙により八十石で仕官がかなったことと、いずれ相応の屋敷に移れるであろうことを話していた。

母は、これで、心置きなく死ぬことができる、と言って狂喜した。むろん、幸江も喜んだ。女ふたりにとっても長年の願望がかない幕臣の家族にもどれるとともに、屈辱と困窮の暮らしからも抜け出せるのである。

その後、母の顔は憑《つ》き物が落ちたようにおだやかになり、物言いもやわらかくなった。咳《せ》き込むこともすくなくなり、病状も回復してきたかに見えた。

だが、藤堂は母の病が回復にむかっているとは、思えなかった。ちょうど、蠟燭《ろうそく》が燃え尽きる直前に火の勢いを増すように、死を前にしてつかの間の小康を保っているだけだろうと思っていた。

「いずれにしろ、長くない命だ。いたわってやってくれ」

「分かっております」

「では、行ってくる」

藤堂は引き戸をあけて外へ出た。

五ツ（午前八時）ごろであろうか。屋外には春を思わせるような明るい朝の陽射しが満ちていた。その陽射しのように藤堂の心は晴れ晴れとしていた。こんな気持で家を出るのは、御徒衆だったとき以来である。

裏店の間の路地まで行くと、板塀のそばに町人体の男がひとり立っていた。小柄で、すこし猫背である。面長で細い目をしていた。身辺に陰湿で酷薄な雰囲気をただよわせている。名は半田《はんだ》亥八《いはち》だが、仲間の者は忍びの亥八と呼んでいた。元御広敷添番《おひろしきそえばん》の伊賀者である。

「旦那、お待ちしておりやしたぜ」

亥八がくぐもった声で言った。身装《みなり》もそうだが、物言いも町人言葉だった。

藤堂は亥八がどこで何をしているか知らなかった。いまは町人として暮らしているのかもしれない。

藤堂は亥八の後について表通りへ出ると、

「中里さまはおいでになるのだな」

と、念を押すように訊いた。

昨日、亥八が中里の使いで藤堂の家にあらわれ、明朝、亥八とともに下谷へ来るよう伝えたのだ。場所は亥八が案内するとのことだった。

「へい、他の仲間も来ることになっておりやす」

亥八は歩きながら答えた。

亥八が連れていったのは、下谷車坂町の明勝寺《めいしょうじ》という古刹だった。

案内された本堂に、ふたりの武士が座していた。藤堂はふたりとも知っていた。ひとりは村上準之助《じゅんのすけ》、親の代は幕臣だったそうだが、いまは牢人である。もうひとりは馬場《ばば》信介《しんすけ》、元御小人目付である。ふたりとも、剣の手練であった。

藤堂は伊菜屋で中里と会った後、数日して村上や馬場を紹介された。そのとき、佐久間廉太郎という巨軀の男もいたが、本堂のなかにその姿はなかった。

村上と馬場の顔には屈託があった。何となく場が沈んでいる。何かあったのかもしれない。

藤堂は無言でふたりに頭を下げると、本堂の隅に座った。亥八は階《きざはし》のそばの床に腰を下ろした。

いっときすると、中里が住職とともに姿をあらわした。住職は堂内には上がらず、その場に座していた藤堂たちに頭を下げただけで、庫裏《くり》の方にもどっていった。

「待たせたかな」

中里は経机の前に座すと、

「この寺は、板倉さまの母方の菩提寺《ぼだいじ》でな、他人の耳目を気にせずとも話せるのだ」

そう言って、一同に目をやった。

四人の男は、無言のまま中里に視線を集めている。

「まず、村上から話してくれ」

中里が村上に目をむけて切り出した。

「佐久間が討たれました」

村上が無念にそうに顔をしかめて言った。

「それは、承知している。亥八から聞いたのでな。そのときの様子を話してくれ」

中里の物言いはおだやかだったが、底びかりのする双眸は射るように村上にそそがれていた。

「はい、亡者たち三人に待ち伏せされ、佐久間があえなく……」

村上は言葉を呑《の》んだ後、神田川沿いの斬り合いの様子をかいつまんで話した。

「その亡者たちだがな。どうやら、影目付と呼ばれているらしいのだ。……以前、大奥の御《お》中臈《ちゅうろう》、滝園《たきぞの》さまにかかわる事件があってな。その件に、亡者と呼ばれる者どもが動いたのだ。その折、幕臣に事情を訊いた亡者と目される者が、みずからを影目付と称したというのだ」

「影目付……」

馬場が反芻《はんすう》するようにつぶやいた。

「闇仕置と影目付、いい取り合わせではないか。もっとも、われわれは亡者ではない。いずれ、表舞台に立つ生者だがな」

中里が口元に嗤いを浮かべて言った。

「…………」

「村上たちを襲ったその影目付だが、鉄礫を遣う町人体の男がひとり、牢人体の男がふたりだな」

中里が声をあらためて訊いた。

「はい、いずれも手練にございます」

「三人はまちがいなく伊豆守どのの命で動く影目付たちであろう。……おそらく、頭目は別にいるはずだ。それに、大柄な町人体の男も影目付と見ねばなるまい」

「…………」

藤堂たち四人は、中里の話に耳をかたむけていた。

「戸暮と柏の他に、渋谷の配下の御徒目付は動いていないようだ。となると、桐島さまの件は、影目付が探索を引き継いだとみていいだろうな」

「いかさま」

馬場が答えた。

「されば、われらの任はただひとつ。影目付を殲滅《せんめつ》すること」

中里が一同を見すえながら重いひびきのある声で言った。

「もとより、そのつもりでおります。それがしも、このままでは冥途で佐久間どのに合わせる顔がございませぬ」

村上が強い口調で言った。目が怒りに燃えている。

「それで、影目付たちの名や所在は知れぬのか」

「名は知れませぬが、面体は分かっておりますので、ちかいうちにつきとめられましょう」

馬場が言った。

いっとき、中里は虚空を見つめて口をつぐんでいたが、膝を藤堂にむけ、

「そこもとの腕を見せてもらえるかな」

と、訊いた。

藤堂は話を聞きながら、影目付と呼ばれる男たちを斬る相談のためにここに呼ばれたこと

を察した。もとより、異存はなかった。ただ、闇討ちや集団で襲って斬りたくはなかった。武士らしく、尋常に勝負して討ち取りたかった。それが、苦境のなかでも武士として生きてきた者の矜持である。

「心得ました。ただ、願いがございます」

藤堂は中里を見すえて言った。

「何だな」

「ひとりの剣客として立ち合って斬りたいのですが」

「立ち合うとな」

中里は驚いたように目を剝いたが、すぐに口元に微笑を浮かべ、

「それで、勝てるのか」

と、訊いた。

「まだ、相手の腕のほどが分かりませんので、なんとも返答のしようがございませぬ。ただ、わたしが後れをとっても立ち合いで敗れたのであれば、それだけですみましょう。その後、どのような手で影目付を斬ろうと、わたしの知るかぎりではございませぬ」

「よかろう。立ち合ってみるがいい」

中里はそう言って、他の男たちにうなずいてみせた。

3

五日後、藤堂が家の裏手の空地で木刀を振っていると、亥八が姿を見せた。

「旦那、ひとり所在がつかめましたぜ」

亥八が藤堂に身を寄せて小声で言った。

「それで、相手は」

「名は牧村稔二郎。神道無念流を遣うそうで」

三日前、亥八が山城屋付近を見張っていると、牧村が通りかかり、その跡を尾けて塒をつきとめたのだという。

その後、牧村の住居である神田佐久間町の棟割り長屋付近で聞き込み、名や身につけた剣の流派、独り暮らしであることなどをつかんだそうである。

「独り者なら、斬られて泣く者はいないな。それで、やるのはいつだ」

藤堂は首筋につたう汗を手ぬぐいで拭きながら訊いた。

「今夕……」

ただ、長屋を襲うわけにはいかないので、牧村が長屋から出てくれれば、ということだった。

「分かった。支度してまいろう」

八ツ（午後二時）ごろだった。いまから出かけるのは、すこし早い。それに、藤堂にもそれなりの支度があった。

藤堂は一刻（二時間）ほど後、神田川にかかる和泉橋のたもとで亥八と会うことを約して、家へもどった。

まず、ちかくにある井戸端へ行き、水垢離《みずごり》をとった。そして、家へもどると仏壇に手を合わせ、亡き父に立ち合いに出かけることを伝えた後、寝間へ行った。

母は眠っていた。眼窩や頰が肉をえぐり取ったようにこけ、骨に皮をかぶせたように痩せ衰えている。微熱でもあるらしくすこし顔が赤らみ、はずむような息を洩らしていた。

藤堂は枕辺へ座し、胸の内で先に逝くことになるかもしれぬことを告げ、これまでじゅうぶん孝行できなかったことを詫びて立ち上がった。

藤堂は牧村という男に後れをとるとは思っていなかった。ただ、心置きなく戦うためにも、死の準備をして出かけたかったのである。

戸口に幸江が立っていた。いつになく、顔がこわばっていた。あるいは、夫がこれから戦いの場へ出かけることを察知したのかもしれない。

「幸江、母上を頼むぞ」

藤堂はいつものようにおだやかな声で言った。

「は、はい……」

幸江は喉のつまったような声で答えた。それ以上何も言わなかった。ただ、訴えかけるような目で藤堂を見つめただけである。

「行ってくるぞ」

藤堂はそれだけ言って、大和守安定を腰に差して家を出た。藤堂が死ねば、幸江は義母の死を見取ってから実家へもどるか、自害するか、いずれにしろ己の身は武士の妻に恥じないよう処するであろう。

和泉橋のたもとで待っていたのは、亥八だけではなかった。村上と馬場がいた。ふたりは牢人体で、すこし離れた場所に立っていた。

「われらふたりは検分役だ。おぬしの勝負が終わるまで、手は出さぬ」

村上が、藤堂のそばに来て小声で言った。

「分かった」

藤堂が敗れれば、三人で牧村を襲って斃《たお》すつもりなのであろう。だが、藤堂は立ち合いの後のことまで気を遣う必要はなかった。その後どうしようと、村上たちの勝手である。

和泉橋を渡った先が佐久間町二丁目だった。牧村の住む長屋は、佐久間町三丁目で神田川沿いを柳橋方面にしばらく歩いた先にあるという。

「旦那、あの桟橋ちかくで待ちやしょう」

亥八が神田川にかかるちいさな桟橋を指差して言った。

川岸に石段があり、桟橋までつづいていた。猪牙舟が三艘、舫《もや》ってある。物陰に夕闇が忍び寄り、桟橋や舫い杭《ぐい》に当たる水音が絶え間なく聞こえていた。

「亥八、牧村は長屋から出てくるのか」

「へい、そろそろ姿を見せると思いやすが」

亥八によると、陽が沈むころ、牧村は桟橋ちかくにあるそば屋によく酒を飲みに来るという。

「待つしかないようだな」

藤堂は袴の股だちを取り、刀の下げ緒で両袖を絞った。

ふたりは、桟橋につづく石段に腰を下ろしてしばらく待ったが、それらしい男は姿を見せなかった。村上と馬場は桟橋まで下り、通りからは見えない石段の陰の暗がりにかがみ込んでいた。

辺りの暮色は濃くなり、そば屋の灯が夕闇に浮かび上がったように見えていた。神田川沿いの通りはひっそりとしていた。ときおり、職人らしい男が急ぎ足で通り過ぎたり、茣蓙《ござ》をかかえた夜鷹が下駄を鳴らして通りかかったりしたが、藤堂と亥八には気付かないようだった。

「あっしが、長屋を覗いてきやす」

そう言って、亥八がそば屋の方に歩きかけた。

ふいに、その足がとまった。

「旦那、来やした！」

亥八が声を殺して言った。

見ると、二刀を帯びた武士が、左手の町家の間の路地から川沿いの通りへ出てきた。小袖と袴姿だが着崩れし、身辺に荒廃した感じがただよっていた。主持ちの武士には見えない。牢人であろう。

……できるな。

藤堂は一目で、手練であることを看破した。中背の姿に隙がなく、腰が据わっていた。動きも敏捷そうである。

藤堂は足早に牧村の方に近寄った。桟橋にいた村上と馬場も気付いて、足音を忍ばせて石段を上がってきた。

ふいに、牧村が足をとめた。藤堂に気付いたらしい。

「何か用か」

牧村が射るような目で藤堂を見つめた。

「立ち合いを所望」

「うぬは何者だ」

牧村がけわしい顔で誰何した。襷がけで袴の股だちを取っている藤堂の姿を見て、戯事《ざれごと》や酔興でないと察知したようだ。

「ゆえあって名乗れぬが、鏡心明智流にてお相手つかまつる」

藤堂はおよそ三間の間合を取って対峙した。

「おれは立ち合いなどするつもりはないが」

「どうあっても、立ち合っていただく」

言いざま、藤堂は大和守安定を抜き放った。

4

「やむをえぬ」

牧村も抜刀した。

藤堂は青眼に構えた。気魄のこもった大きな構えである。切っ先がぴたりと牧村の左目につけられていた。剣尖が生きている。そのまま目を突いてくるような威圧があった。

対する牧村は八相に構えた。隙のない腰の据わった構えだった。全身に気勢が満ち、鋭い剣気を放っている。

ふたりの刀身が、にぶくひかっていた。神田川沿いの道を濃い暮色がつつんでいたが、まだ上空には明るさが残っている。

ふたりは対峙したまま、暮色のなかで黒い塑像のように動かなかった。

だが、一撃必殺の気を剣尖に込め、気魄で攻めていたのだ。気の攻防である。

数瞬が過ぎた。先に動いたのは、牧村だった。斬撃の気配を見せながら、ジリジリと間合をつめていく。

牧村は斬撃の間に近付くと、ピクッ、ピクッ、と左拳を動かし、敵を牽制した。八相は敵の攻撃に応じて斬り込む後《ご》の先《せん》の構えである。敵の構えをくずし、先に斬り込ませようとしたのだ。

が、藤堂は剣尖を牧村の左目につけたまま微動だにしなかった。

牧村が、グッと上体を前に倒し、斬撃の気配を見せた。誘いだった。斬り込むと見せて、敵を動かそうとしたのである。

と、藤堂が、スッと刀身を下げた。

刹那、牧村の全身に斬撃の気が疾《はし》った。

タアッ！

裂帛《れっぱく》の気合とともに、牧村の体が躍動した。間髪をいれず、藤堂も動いた。

牧村の刀身が八相から袈裟へ。

藤堂はわずかに体をひらきざま、切っ先を突き込むように敵の鍔元へ斬り込んだ。

牧村の切っ先は藤堂の肩先をかすめて空を切ったが、藤堂のそれは牧村の前腕を深くえぐっていた。

一瞬、一合の勝負だった。

ふたりは交差し、大きく間をとって反転し、すぐに構え合った。

牧村の右前腕が真っ赤に染まっていた。顔がひき攣り、八相に構えた刀身が激しく揺れている。

「まだだ！」

牧村は声を上げた。

藤堂は無言で青眼に構えていた。まったく乱れがなかった。剣尖が牧村の左目につけられ、全身に気魄がこもっている。

藤堂はすぐに動いた。つ、つ、と足裏をすりながら、牧村との間合をつめていく。対する牧村は八相に構えたまま動かなかった。前腕から流れ出た血が袖を染め、肘のあたりからタラタラと滴り落ちている。

牧村の刀身は揺れ、構えもくずれていた。だが、牧村は引かなかった。剣客としての本能かもしれない。傷ついた獣のように歯を剝き目をつり上げて、斬り込む気配を見せていた。

藤堂は斬撃の間境で寄り身をとめた。藤堂の全身に気勢が満ち、剣尖に斬撃の気がこもった。

牧村の目には、藤堂の切っ先が顔面に伸びてくるように見えたであろう。と、藤堂の顔が鬼神のように豹変した。激しい気魄が顔貌を変えたのである。

イヤァッ！

藤堂の鋭い気合が静寂をつんざき、稲妻のような閃光が弧を描いた。

瞬間、牧村は身を引こうとしたが、間に合わなかった。藤堂の斬撃がから竹割りに牧村の頭頂をとらえた。すさまじい斬撃である。一気に頭頂から首根まで斬り下ろされた。

牧村の額から顎まで縦に血の線がはしった、と見えた次の瞬間、顔が割れて血と脳漿《のうしょう》が飛び散った。

牧村は腰からくずれるようにその場に倒れた。悲鳴も呻き声もなかった。かすかな血の噴出音がし、四肢が痙攣《けいれん》しただけである。

藤堂は、フーとひとつ息を吐いた。全身から剣気が引いていく。鬼神のようなけわしい表情がぬぐい取ったように消えた。息の乱れもなく、炯々《けいけい》とひかっていた目もおだやかな色を取りもどしてきた。

「なんとも、すさまじい」

亥八が、あきれたような顔をして言った。

「これが、真剣勝負だ」

藤堂はふところの懐紙で刀身の血をぬぐって納刀した。

そこへ、村上と馬場が近寄ってきた。

「われらの出る幕はなかったようだな」

村上が牧村の死体に目を落として言った。

「こやつ、どうする」

馬場が死体を爪先で蹴りながら言った。

「影目付どもを、おびきよせる囮につかったらどうです」

亥八が言った。

路傍に放置して置けば、仲間が死体を引き取りに来るか、すくなくとも様子を見に来るはずで、その跡を尾ければ塒や他の仲間のこともつかめるというのだ。

藤堂は、死体を埋めるか、それができなければ川へでも流してしまいたかったが、口にしなかった。後のことは村上たちにまかせようと思ったのである。

「おれは行く」

藤堂は歩きだした。

あたりは、すっかり夜陰につつまれていた。満天の星空である。藤堂は和泉橋へむかって足早に歩いた。勝負の高揚が去り、胸の内には殺伐とした思いだけが残った。

……だが、剣に頼らねば武士として生きてはいけぬ。

藤堂は胸の内でつぶやいた。

その夜、母親のお繁が死んだ。

藤堂が家にもどったとき、母は昏睡状態だった。藤堂の呼びかける声に目をあけることもなく、母は静かに息を引き取った。

母の死顔は眠っているようにおだやかだった。藤堂家の再興がかなったことで、安らかな気持で冥途へ旅立てたのであろう。

藤堂に悲しみはなかった。ただ、今夜家にいてやれなかったことを後悔した。幸江によると、意識を失う前、しきりに藤堂の名を呼んだという。

藤堂は牧村を斬殺してきたばかりの体で、骨と皮ばかりにさらばえた母の体を抱きしめながら、剣を頼りに、武士として生きていくことの非情さを思った。

5

「左近さま、あそこのようですよ」

万吉が、人だかりのしている神田川の土手を指差した。

「それで、茂蔵は」

左近が訊いた。

今朝、左近の住む小網町の甚兵衛店に万吉が姿を見せ、牧村が神田川の土手で殺されていることを伝えたのだ。

すぐに、左近は万吉とともに神田川にむかい、ここまで来たのだが、茂蔵がどうしているのか気になったのである。

「あるじは、先に来ているはずでして」

万吉によると、いっしょでない方がいい、と茂蔵に言われたという。

「そうか」

左近は、すぐに茂蔵の胸の内を察知した。敵方の目を逃れるためである。牧村の殺された現場に敵方の監視の目がある、と茂蔵は読んでいるのだ。

「万吉、すこし離れてくれ」

左近は、万吉にもそうした目がそそがれることを避けようとした。

「へっ」

万吉は怪訝な顔をして左近を見上げた。

「敵方の目があるかもしれん。他人を装った方がいい。茂蔵ともな」

「分かりやした」

万吉は急に緊張したような顔になり、急ぎ足で左近から離れていった。

神田川の土手際の叢に人垣ができていた。ほとんどは通りすがりの野次馬らしいが、巻羽織に縞の小袖を着流した八丁堀同心や岡っ引きらしい男も何人か立っていた。

その野次馬のなかに茂蔵と弥之助の姿もあった。茂蔵は商家の旦那ふうの格好をして、目立たぬように人垣の後ろから見ている。

弥之助は船頭のような格好で、桟橋につづく石段から人垣のなかに目をむけていた。

左近は、茂蔵とも弥之助とも離れた人垣の後ろについて、町方の立っている方に目をむけた。

八丁堀同心の足元に死体が横たわっていた。死体は伏臥していた。顔は見えなかったが、見覚えのある柿茶の袴をはいていた。牧村に間違いないようである。上半身ちかくの叢が血を撒いたようにどす黒く染まっている。

斬られたのは頭部らしい。左近は死体の上半身が見える場所に移動し、頭部に目をやった。

……すさまじい斬撃だ！

左近は凄惨《せいさん》な死体に息を呑んだ。

牧村の頭が縦に首根のあたりまで斬り下げられ、割れた頭蓋骨がのぞいていた。一太刀である。剛剣の主とみていい。おそらく、闇仕置の仕業であろう。

八丁堀同心は検屍をしているようだが、その顔に困惑の表情があった。下手人は武士とみて、戸惑っているのだろう。武家は町奉行所の支配外だし、剣客同士の立ち合いとなれば、探索して下手人が割れても捕らえるのはむずかしくなる。

それでも、一応探索をする気になったらしく、そばにいた岡っ引きたちに聞き込みを指示した。すぐに、岡っ引きたちはそれぞれの手先を連れて、その場を離れていった。

それを機に、野次馬の半数ほどが散っていった。茂蔵もその野次馬たちにまぎれて、その場から去った。すこし間を置いて、万吉が茂蔵の後に跟《つ》いていく。亀田屋にもどるのだろう。

……牧村の死体は町方にまかせるしかあるまい。

左近は、そう思って歩きだした。

無残な死体を路傍に晒《さら》しておくのはかわいそうだが、死体を引き取れば、影目付であることを敵方に知らせることになる。己ひとりならいいが、頭や仲間もたぐられるかもしれない。

左近は和泉橋のたもとまで来て、振り返って見た。神田川沿いの道には、通行人の姿がちらほらあったが、敵方の刺客と思われるような者はいなかった。

左近は和泉橋を渡り、柳原通りへ出ると、古着を売る床店の間から路地へ入り、小網町へむかった。そのまま長屋へもどるつもりだった。

左近が町家のつづく細い通りを一町ほど歩いたとき、柳原通りから同じ通りへ入ってきた男がいた。風呂敷包みを背負い、菅笠《すげがさ》をかぶっていた。行商人のような格好である。

この男、寅次《とらじ》という。中里の手先である。寅次は、一町ほどの間隔を保ったまま左近の跡を尾け始めた。

このとき、左近は尾行されていることに気付いていなかった。行商人の格好が、左近に警戒心をいだかせなかったのだろう。

寅次は巧みに左近の跡を尾けていく。

左近が去っていっときしてから、桟橋のそばの石段にいた弥之助もその場を離れた。弥之助は和泉橋を渡り、日本橋室町へ足をむけた。帰りがけに山城屋を探ってみようと思ったのである。

弥之助は人通りの多い、八ツ小路へ出て、中山道を日本橋へ足早にむかった。できるだけ通行人で混雑している大通りをたどった。敵方の尾行と襲撃を避けようとしたのである。

弥之助の半町ほど後ろに尾行者がいた。亥八である。亥八は半纏に股引、首に手ぬぐいをひっかけていた。大工か職人のような格好である。

亥八は元伊賀者だけあって、尾行が巧みであった。人通りの多い道では人影や荷を積んだ大八車などの後ろについて、弥之助の視界から己の姿を消し、まがり角では板塀や天水桶《てんすいおけ》の陰などに身を隠した。

弥之助は背後に気をくばっていたが、亥八の尾行には気付かなかった。それだけ、亥八の尾行が巧みだったのである。

弥之助は山城屋の近くまで来ると、裏通りへ入って、米屋や八百屋などで山城屋の内情や奉公人のことについて聞き込んだ。たいしたことは聞き出せなかったが、八百屋の親父が、伊勢町に山城屋の手代や下働きの者などが顔を見せる藪久《やぶきゅう》というそば屋があると話してくれた。伊勢町は室町の隣町である。

弥之助は藪久に行ってみることにした。山城屋の奉公人に直接あたるのが、手っ取り早いと思ったのである。

藪久はすぐに分かった。掘割沿いにあり、そば屋にしては大きな店だった。繁盛しているらしく、九ツ（正午）を過ぎたばかりだったが、客が大勢いるようだった。

弥之助は腹もすいていたので、腹ごしらえもかねて聞き込んでみることにした。暖簾《のれん》をくぐると正面に追い込みの座敷があり、十数人の客がそばをたぐったり、茶を飲んだりしていた。右手に板場があり、追い込みの座敷の奥にも客用の座敷があるらしかった。

弥之助は追い込みの座敷に上がった。

すぐに、太り肉の小女《こおんな》がそばに来て、

「お客さん、何にします」

と、注文を訊いた。

弥之助はてんぷらとそばを頼んだ。

座敷に目をやると、店者ふうの男もいたが、山城屋の奉公人かどうか分からなかった。

小女が注文したそばとてんぷらを運んできたとき、それとなく山城屋の者がいるか、訊いてみると、今日は来ていないとのことだった。

「おれの姪《めい》っこが、山城屋さんの手代にほの字でよ。利之助《りのすけ》ってえんだが、知らねえかい」

弥之助は小女が興味をひきそうな話題を持ち出した。むろん、作り話である。

「利之助さん……。知らないねえ」

小女は首をひねった。ただ、話には興味を持ったらしく、盆を手にしたまま弥之助のそばを離れなかった。

「この店には、山城屋さんの奉公人が来るんだろう」

「ええ……。でも、いつも七ツ（午後四時）ごろかね。それにちゃんとした奉公人はめったに来ませんよ。よく来るのは、下働きの甚六《じんろく》さんと富助《とみすけ》さんですよ」

小女の話では、富助というのは支店の若い手代だという。

それだけ話すと、小女は弥之助のそばから離れてしまった。いつまでも立ちどまって客と話しているわけにはいかなかったのだろう。

弥之助はそばとてんぷらを食い終えると、腰を上げた。七ツごろに出直して、甚六という男に話を聞いてみようと思ったのである。

弥之助が藪久の暖簾をくぐり、通りの左右に目をやったときだった。半町ほど離れた町家の板塀の陰で、チラッと人影が動いたような気がした。

……身を隠したようだ！

弥之助は直感した。

弥之助が顔をむけたため、板塀の陰から様子をうかがっていた者が、身を引いたように見えたのだ。

……おれを尾けていやがったのか。

と、弥之助は思った。

弥之助は素知らぬ顔で通りへ出ると、来たときと変わらぬ歩調で表通りへ出た。賑やかな通りへ出た弥之助は、人混《ひとご》みにまぎれながら、それとなく振り返って見た。

……いる!

半纏に股引姿の男が、半町ほど後ろを歩いていた。そう思って見れば、藪久へ入る前に振り返ったとき、同じ男がいたような気がした。

尾行に気付けば、まくのはむずかしくなかった。弥之助は日本橋の手前で、ふいに左手にまがった。日本橋川沿いの魚河岸である。盤台をかついだぼてふり、船頭、魚の入った笊《ざる》や木箱を運ぶ魚屋や乾物屋などで、通りは賑わっていた。

弥之助は人混みを縫うように抜け、すぐに左手の路地へ走り込んだ。そこは裏店のごてごてとつづく路地がいくつも交差していた。

弥之助は半町ほど走ると、今度は右手の路地へ入った。走りながら振り返ると、尾行者の姿はなかった。まいたらしい。

……それにしても、油断がならねえ。

弥之助は、荒い息を吐きながらつぶやいた。

6

左近は小網町の甚兵衛店にもどった。結局、寅次の尾行には気付かなかった。

一方、寅次はその日のうちに中里に左近の住居を知らせた。中里はすぐに藤堂、馬場、村上を呼び、左近を斬るよう指示した。

「中里さま、その男、立ち合いにて斬る所存でございます」

藤堂が言った。

「よかろう」

中里は許したが、馬場と村上に検分役として立ち会うよう指示した。中里は、藤堂が左近に敗れたとき、ふたりで仕留めるよう暗に命じたのである。

神田川沿いで牧村の斬殺死体を目にした二日後、左近は陽が沈むと夕餉をかねて一杯飲むつもりで長屋を出た。日本橋川沿いに、ときどきめしを食いに行く吉盛屋《よしもりや》という一膳めし屋があったのだ。

鎧之渡《よろいのわたし》を過ぎ、川下の方へしばらく歩いたときだった。前方の川岸の柳の樹陰にひとりの男が立っているのに気付いた。

辺りは暮色に染まり、人影がぼんやりと識別できるだけだったが、武士であることは分かった。二刀を帯びていたからである。

通りには、ぽつぽつと人影があった。印半纏を着た奉公人や船頭などが急ぎ足で通り過ぎていく。この辺りは廻船問屋や米問屋などが多いため、船頭や船荷を扱う者が目につくのだろう。

左近がさらに近付くと、男は樹陰から通りへ出てきた。以前、すれちがいざま剣気を放って左近の腕を確かめた牢人ではなかった。

武士は袴の股だちを取り、襷で両袖をしぼっていた。全身にひきしまった筋肉がつき、腰がどっしりと据わっていた。獲物を待ち構える獣のような雰囲気を身辺にただよわせている。

……こやつだ！

この男が、牧村を斬ったのだ、と左近は直感した。

左近は背筋を冷たい物で撫でられたように身震いした。手練であることは一目で分かった。おそらく、忠成の命を受けた刺客であろう。

藤堂伸三郎である。むろん、左近は藤堂の名を知らない。

……逃げるか。

左近は背後に目をやった。

背後にも人影があった。半町ほど後ろの川岸に武士がふたり立っていた。暮色にまぎれて、顔ははっきりしないが闇仕置一味にちがいない。ただ、背後のふたりは立ち止まったままである。この場は、前に立った武士にまかせるつもりらしい。

背後のふたりは、村上と馬場だった。左近は、ふたりの名も知らなかった。

「おれに用か」

左近が訊いた。

「立ち合いを所望」

藤堂がくぐもった声で言った。薄闇のなかで、双眸が猛禽《もうきん》のようにひかっていた。全身から痺《しび》れるような剣気を放射している。

「立ち合いだと……。闇討ちではないか」

この男は牧村にも同じことを口にしたのではないか、と左近は思った。

「武士らしく、尋常に勝負するつもりでいる」

藤堂は左近を見すえて言った。

「うぬの名は」

どうやら、ただの刺客ではないようだ。この男は、本気で立ち合う気でいるらしい。

「ゆえあって名乗れぬ」

「流は」

「鏡心明智流」

「立ち合いを断ったら」

「押し包んでも斬らねばならぬ」

そう言って、藤堂は後方のふたりに目をやった。

立ち合いを拒めば、三人で取り込んで斬るつもりらしい。見ると、後方のふたりがゆっくりした足取りで近付いてくる。

「承知した」

左近は、この男を斬って逃げるより手はないと思った。

「まいるぞ」

藤堂が声を上げて、大和守安定を抜き放った。

その声と藤堂が抜刀したのを見て、ちょうどそばを通りかかった船頭がふたり、悲鳴を上げて逃げ出した。

「神道無念流、まいる!」

言いざま、左近も抜刀した。

間合はおよそ四間。淡い暮色がふたりをつつんでいたが、立ち合いに支障はなかった。

ふたりは相青眼に構え合った。ただ、切っ先のつけどころがちがっていた。藤堂の切っ先は左近の左目につけられ、左近のそれは藤堂の胸部につけられていた。したがって、左近の刀身は低く、藤堂の切っ先の下になっていた。

左近は切っ先をかすかに上下させ、肩の力を抜いてゆったりと構えていた。神道無念流の神髄でもある『横面斬り《よこめん》』の太刀を遣うつもりだった。斬り込んでくる敵の刀身を受け流して、横面を払い斬りにする剣である。敵の斬撃の起こりの読みと一瞬の反応が勝負を決する技であった。

藤堂は切っ先を左近の左目につけたままジリジリと間合をつめてきた。凄まじい剣気を放射し、巌《いわお》で押してくるような威圧があった。

対する左近は、敵の斬撃の起こりに反応するため、気を鎮め、遠山《えんざん》の目付《めつけ》（遠山を見るように敵の全身を見る）で、ゆったりと構えていた。

藤堂の剛、左近の柔である。

斬撃の間境の手前で、藤堂の寄り身がとまった。全身に気勢が満ち、剣尖に斬撃の気がこもる。激しい気攻めだった。左近の構えを、気攻めでくずそうとしているのである。

が、左近は強風に流れる柳枝のごとく藤堂の剣気を受け流し、悠然と立っていた。

7

対峙したまま、いっときが過ぎた。

数瞬であったのか、小半刻（三十分）も過ぎたのか、左近にも藤堂にも時間の経過の意識はなかった。すべての気を集中させ、剣の磁場のなかに埋没していたのである。

ふたりをつつむ暮色が濃くなった。

潮合だった。

藤堂の趾《あしゆび》が小石を踏み、チリッとかすかな音をたてた瞬間だった。対峙したふたりの間に稲妻のような剣気が疾った。

イエエッ！

藤堂の口から猿声のような気合がほとばしり、体が躍動した。

間髪をいれず、左近の体も飛んだ。

閃光とともに藤堂の刀身が青眼から袈裟に伸びた。

刹那、左近は脇へ跳びざま藤堂の刀身を受け流し、横面へ払った。

が、藤堂の斬撃はあまりに迅《はや》く鋭かった。左近は脇へ跳んだが一瞬遅れ、藤堂の切っ先に右肩先をえぐられた。

ただ、体勢をくずしながらも放った左近の横面斬りも、切っ先がうすく藤堂の頬を裂いていた。

ふたりは一合した瞬間、大きく背後に跳び、間合を取ってふたたび相青眼に構えあった。

左近の着物の肩先が裂け、肌に血が流れていた。一方、藤堂の右頬も真っ赤に染まっている。

「初手は互角か」

藤堂が低い声で言った。

顔は血にまみれ、双眸が炯々とひかっていた。まさに、夜叉《やしゃ》のような面貌《おもて》である。

「いくぞ」

一声上げ、藤堂がふたたび間合をつめ始めたときだった。

後方で見ていたふたりが、駆け寄ってきた。藤堂の顔を染めた血を見て、不利と見たのかもしれない。

「寄るな！　勝負はこれからぞ」

藤堂が喝するような声を上げた。

その瞬間、藤堂の剣尖が死に、腰が浮いた。

この一瞬の隙を、左近がとらえた。

タアッ！

左近は鋭く踏み込みざま、横に刀身を払った。

咄嗟に、藤堂は刀身を立てて左近の斬撃を受けたが、体勢がくずれて大きく泳いだ。

左近は二の太刀をふるわず、藤堂の脇を走り抜けた。さらに踏み込んで二の太刀をあびせれば、藤堂に深手を与えられたかもしれない。だが、その間に後方のふたりが走り寄る。左近は後方のふたりも相応の手練であることを察知していたのだ。

左近は疾走した。この場は逃げの一手だった。

「待て！　逃げるか」

後方から、村上と馬場が追ってきた。藤堂は川岸に立ったまま動かない。

左近の背後にふたりが迫ってきた。左近は川沿いの道を駆け、吉盛屋に飛び込んだ。

飯台のまわりで、五、六人の男がめしを食ったり、酒を飲んだりしていた。刀をひっ提げたまま飛び込んできた左近を見て、男たちは身を硬直させ恐怖に顔をひき攣らせた。悲鳴を上げて、店の隅に逃げ出した者もいる。

左近は飯台の間を駆け抜け、板場から裏手へ逃げようとした。

「だ、旦那、何をする気で」

板場にいた顔見知りの親父が、身を顫わせて訊いた。

「急ぎだ、酒は後にする」

そう言い残して、裏の戸口から路地へ飛び出した。

細い路地が小体な裏店の間につづいていた。そこはいくつもの路地の交差する迷路のような地である。

左近は住居が近かったせいもあって、この辺りの土地には明るかった。何度か狭い裏路をまがってから、左近は足をとめた。

……に、逃げおおせたようだ。

荒い息を吐きながら、左近は振り返って見た。人影もなく、背後からの足音も聞こえなかった。

左近は刀を納め、息の鎮まるのを待ってからゆっくりと歩きだした。

路地裏は夜陰につつまれ、裏店からかすかに洩れてくる灯が通りに淡いひかりを落としていた。ちかくに長屋でもあるのか、子供の泣き声や女の甲高い声などが聞こえてきた。

……長屋にはもどれぬな。

左近は甚兵衛店が敵に知られたことを察知した。

それから五日後、亀田屋の離れに、五人の男女が集まっていた。岩井、茂蔵、左近、弥之助、それにお蘭である。

行灯の灯に浮かび上がった五人の顔には、苦渋の表情があった。

「弥之助、それで、傷の具合は？」

岩井が弥之助に目をむけて訊いた。

半纏を羽織っていたので、わずかしか見えなかったが、弥之助の肩口に晒《さらし》が巻いてあった。

怪我を負ったらしい。

「浅手です。十日もすれば、元の体にもどるはずでございます」

弥之助は武家言葉で答えた。岩井と話すときだけは、以前の黒鍬衆、山岸《やまぎし》弥之助にもどって口をきくのである。

弥之助は左近が襲われた二日後、藪久からの帰りに、浜町堀ちかくの寂しい通りで襲撃されたのだ。

その日、弥之助が浜町堀にかかる千鳥橋のちかくまで来ると、橋のたもとに牢人体の男が立っているのが見えた。

……待ち伏せだ！

察知した弥之助が、反転して逃げようとした瞬間だった。

大気を裂く音がし、肩口に衝撃がはしった。手裏剣だった。何者かが背後の空地の藪から打ったのである。

パッ、と弥之助は、路傍の灌木《かんぼく》の陰に飛んだ。つづいて、手裏剣が飛来し、灌木に突き刺さった。橋のたもとにいた牢人も走り寄ってきた。抜き身をひっ提げ、間近に迫ってくる。

弥之助は灌木の陰から飛び出すと、浜町堀にむかって疾走した。そこは大根畑と雑草地だった。弥之助は畑の柔らかい土に足をとられながらも身を低くして懸命に走った。道の前後から敵が迫り、逃げ場はそこしかなかったのである。

紺の筒袖と同色の股引姿の男が追ってきた。伊賀者らしい。野犬のような走りである。

……迅い！

すぐに、足音が背後に迫ってきた。

手裏剣も飛来した。袖口と、脛《すね》のあたりをかすめて地べたに突き刺さった。

雑草地を抜け、浜町堀の岸まで来たとき、弥之助は堀にむかって跳躍した。米俵を積んだ猪牙舟がこっちに来るのが見えたのだ。

弥之助は懸命に舟まで泳ぎ、船縁《ふなべり》に手をかけて這い上がった。

「だ、だれでえ！」

艫で櫓を漕いでいた船頭が目を剝いた。

「つ、辻斬りから、逃げてきたんだ」

弥之助はそれらしく声を震わせて言った。

船頭は岸に目をやった。抜き身をひっ提げて立っている牢人が見えた。伊賀者は見えなかった。物陰に身を隠したらしい。

「このまま、やってくれ」

「わ、分かった。……なに、でえじょうぶだ。舟まで来られやしねえ」

船頭は慌てて櫓を漕ぎだした。弥之助の話を信じたようだ。

そのまま舟は大川へむかった。牢人は川岸に立ったまま動かなかった。

弥之助は鉄砲洲《てっぽうず》の浪よけ稲荷ちかくの桟橋に降ろしてもらい、闇仕置の手から逃れられたのである。

弥之助から話を聞いた岩井は、

「手裏剣の傷は深い。無理をするなよ」

と言って、一同に視線をまわし、

「やはり、刺客どもは、われらを皆殺しにするつもりのようだ」

と、けわしい顔をして言い添えた。

牧村稔二郎が斬殺され、弥之助が傷付き、左近が襲撃されていた。

その後、左近は敵に知られた甚兵衛店を出て、亀田屋の離れにひそんでいたのだ。

「いずれも、手練のようです」

左近が言った。

立ち合いを挑んだ武士、背後から走り寄ってきたふたりの武士、いずれも遣い手とみていい。それに、伊賀者も特殊な殺法を身につけた強敵である。

「それに、頭とお蘭さんは別にして、きゃつらはわれらの面体をつかんでいるかもしれません」

茂蔵が低い声で言った。

「そうみた方がいいな」

「厄介なことになりました」

「今後は身を変えて、探索せねばならぬな。弥之助はしばらく養生し、茂蔵と左近とで山城屋をあたってくれ。わしは、東山藩と根岸藩をあたってみよう」

岩井は虚空に目をとめたまま言った。

そのとき、黙って聞いていたお蘭が口をはさんだ。

「お頭、わたしは何をすればいいんです」

「お蘭には、まず、こたびの件にかかわる者が菊屋に来たら、それとなく話を聞いてくれ」

岩井は、事件にかかわる山城屋、東山藩、根岸藩、それに御側衆の板倉重利、御納戸頭の桐島定之助の名をあげた。事件の裏には多額の金が動き、料理屋や料理茶屋などでも密談がもたれるだろうと踏んだのである。

それに、お蘭は影目付といっても、幕臣の娘ではなかったし、何か武芸を身につけているわけでもなかった。菊屋という老舗の料理屋に呼ばれることの多い柳橋の芸者である。

岩井がお蘭の境遇に同情して助けてやったのが縁で知り合い、情を交わすようになったのだが、いまは男女の仲というより父娘《おやこ》のような関係だった。それというのも、お蘭は身内がなく、岩井に父親のような情愛を感じていたからである。

「分かりました。様子が知れたら、茂蔵さんにつなげばいいんですね」

お蘭は目をひからせて言った。

「そうしてくれ」

岩井が口をとじると、いっとき座敷は静寂につつまれたが、

「お頭、闇仕置どもを始末してもかまいませんね」

と、茂蔵が低い声で訊いた。

「かまわぬ。きゃつらに、亡者の力をみせてやるがよい」

岩井が言うと、

「皆殺しにするのは、こっちだ」

弥之助が憎悪に目をひからせて言った。

それから五人は、桐島邸や山城屋ちかくには敵の目があることや、お互いの住居をつかまれないようにすることなどを確認して密会を終えた。

その場に、茂蔵と左近を残し、お蘭、岩井、弥之助の順に、すこし時間を置いて離れを出ていった。

第四章　拷訊《ごうじん》

1

岩井は鮫小紋《さめこもん》の小袖に羽織袴姿で玄関先に立った。手に深編笠を持っている。御家人か旗本がお忍びで出かけるような格好である。

「春らしい陽気になりました」

見送りに出た登勢が、手にした大刀を岩井に手渡しながら言った。

「そうだな」

「昨日、庭の梅に鶯《うぐいす》が来ておりましたよ」

登勢が庭先に目をやって言った。

春らしい陽射しが満ちていた。庭の白梅も満開で、このところ鶯が姿を見せて、清らかな鳴き声を聞かせてくれた。鶯は春告鳥《はるつげどり》とも呼ばれるが、その声を聞くと春の訪れを実感できるのである。

「今日はどちらへ」

登勢が訊いた。

「陽気がよくなったのでな、京橋の方まで足を延ばしてみようかとな」

岩井は、ときおり供を連れず、深編笠で面体を隠して外出するときがあった。家族や家臣には市中見まわりに行くと言っていた。ただ、登勢以外は岩井の言を信じてはおらず、小普請の無聊《ぶりょう》を慰めに碁を打ちに行くか、料理屋にでも行っているにちがいないと思っていた。

「お気をつけて」

登勢は心配そうな表情を浮かべた。

登勢だけは、岩井が幕閣の密命を受けて動いていることを感じ取っていた。ただ、老中、松平信明との関係や影目付として暗躍していることまでは気付いていない。

「案ずることはない。今日は、これだ」

岩井は登勢に身を寄せて碁を打つ真似をしてみせた。

登勢が顔をくずしたのを見てから、岩井はくぐり戸から表通りへ出た。

むかった先は、京橋の先の愛宕下《あたごした》である。愛宕下には大名小路と呼ばれる通りがあり、大名の上屋敷や下屋敷などが多く集まっていた。東山藩と根岸藩の上屋敷も愛宕下にあり、岩井は両藩の内情を探ってみようと思ったのである。

愛宕山のそばに、奥村歳蔵《おくむらさいぞう》という男の屋敷があった。岩井は奥村に会って話を聞いてみるつもりだった。

奥村は元御徒目付組頭で、岩井が御目付だったころ配下であった。いまは倅《せがれ》が家を継ぎ、奥村は隠居して家にいるはずだった。その奥村の屋敷が、東山藩邸と根岸藩邸の近くにあったのである。

奥村家は二百石だった。長屋門のくぐりからなかに入り、若党らしき男に名と身分を告げると、男はすぐに奥へ行き初老の男を連れてもどってきた。

奥村だった。鬢や髷《まげ》は白くなり顔の皺も増えたが、頤の張った目の細い面立ちはむかしのままだった。

「奥村、久し振りじゃな」

岩井は顔をほころばせた。

「これは、これは、岩井さま、遠路よくおいでくださいました」

奥村は懐《なつ》かしそうな顔をしたが、目には不安と戸惑いの色があった。突然、岩井が訪ねて来たので、何事かと思っているのだろう。

「いや、やることがなくて、困っておるのだ。久し振りにそなたの顔でも見たいと思い、こうしてな」

岩井は微笑を浮かべて言った。

「ともかく、お上がりください。何もおもてなしできませぬが、茶でも淹れさせましょう」

そう言って、奥村は慌てた様子で岩井を招じ入れた。

岩井は庭に面した客間に腰を落ち着け、奥村の老妻が淹れてくれた茶で喉をうるおした後、

「奥村、実は、訊きたいことがあってな」

と、話を切り出した。

「何でしょうか」

奥村は顔をこわばらせた。

「いや、たいしたことではないのだ。……わしの屋敷に出入りしている呉服屋がな、娘を大名屋敷へ奥奉公させたいともうすのだ。親の代から出入りしている店でな、商人だが、わしも親しく口をきいておるので、無下にもできぬ」

岩井は作り話を口にした。

「はァ……」

奥村は首をひねった。何の話か見当もつかないようだ。

「それでな、呉服屋がわしに大名家の内情を訊くのだ。わしがむかし御目付だったことを知っておってな。それで、大名家のこともくわしいと思ったらしいのだ。わしも、まったく知らぬとは言いづらかったので、今度来たとき話してやろうと言って帰したのだが、明日、娘

を連れてわしの屋敷に来るというのだ」

「それで、どのようなお話でしょう」

奥村がこわばった顔をゆるめて訊いた。たいした話ではないと思ったらしいが、まだ岩井が何を訊きたがっているのか分からないようだ。

「大名家ともうしたのは、東山藩と根岸藩なのだ。その呉服屋は両藩に伝《つて》があり、どちらかに奥奉公させたいようなのだ。それで、両藩の上屋敷が愛宕下にあることを思い出してな、そなたに話を聞きに来たという次第だ。……なに、噂でいいのだ」

そう言って、岩井は冷めた茶に手を伸ばして、喉をうるおした。

「そういうことでございますか」

奥村はやっと腑に落ちたらしく、相好をくずした。

「どうだな、両藩のことで何か噂を耳にしているかな」

屋敷がちかいだけに、噂ぐらいは耳にしているはずだった。

「それが、かんばしくない噂ばかりでして」

奥村は困ったように眉宇を寄せた。

「有り体に話してくれ。後で、呉服屋に恨まれるのはいやだからな。まず、東山藩から頼む」

「はい、くわしいことは存じませんが、藩内に揉め事があるようでございますよ」

「揉め事とな」

「世継ぎ問題がこじれたようでして」

奥村によると、藩主の嫡男が急逝し、次男を推す重臣と藩主の弟君を推す重臣とが二派に分かれて対立しているらしいという。

「藩主の次男が継ぐのが、順当だがな」

「それが、次男はまだ幼少だそうでしてね。それに、弟君を推す重臣のなかに幕閣とつながっている者がいるらしく、弟君の方が旗色はいいそうです」

「なるほどな」

弟君を推す重臣がつながっているという幕閣は水野忠成だろう、と岩井は思った。御側衆の板倉とも当然結びついているだろう。それに、桐島や山城屋ともどこかでつながっているはずである。

「つかぬことを訊くがな。室町の山城屋が東山藩に出入りしておらぬか」

「よくご存じで。山城屋は御用商人として、頻繁に出入りしているようでございますよ」

「やはり、そうか」

山城屋を通して東山藩は、桐島、板倉、それに忠成とつながったのかもしれぬ、と岩井は思った。

「それで、根岸藩は？」

「世継ぎ騒動ではございませんが、やはり揉め事があるようでございます」

根岸藩では逼迫《ひっぱく》した財政をたてなおすため、年貢や軒役《のきやく》の負担増を百姓に強《し》いた。それを機に領内で大規模な百姓一揆《いっき》が起き、藩士たちの間でも年貢の負担増をめぐって対立が起きたという。

当初、根岸藩ではこの騒擾《そうじょう》を秘匿していたが、幕府の知るところとなった。治政の乱れを咎《とが》められて国替があるのではないかと恐れる一方、いまだに藩士の間には対立があるそうである。

なお、軒役というのは、本年貢以外に家屋一軒単位に課せられる税の一種である。

「うむ……」

根岸藩も、国替を避けようと忠成に取り入ろうとしたのではあるまいか。

「山城屋だが、根岸藩にも出入りしているのか」

岩井が訊いた。

「はい、東山藩と同様、山城屋は根岸藩の御用をうけたまわっているようでございます」

「そうか」

岩井は、山城屋、東山藩、根岸藩のつながりが読めた。おそらく、両藩から多額の賄賂が山城屋や桐島をつうじて、板倉と忠成に流れているのであろう。渋谷の指示で、それを探ろうとした御徒目付の戸暮と柏は、板倉や忠成の息のかかった闇仕置たちに暗殺されたにちがいない。ただ、すべてが岩井の推測だった。確証は何もない。

……何か、証《あかし》をつかまねばならぬな。

岩井は胸の内でつぶやいた。

「どうも、両藩とも奥奉公はすすめられぬようだな」

岩井は顔をしかめて言った。

「おやめになった方がよろしいでしょう。いまだに藩邸内では対立があるようでございますから」

奥村がしたり顔で言った。

「いや、話を聞いてよかった。下手にすすめて、後で恨まれてはたまらんからな」

それから、岩井は小半刻（三十分）ほど、御目付だったころのことを話して腰を上げた。

玄関先まで送ってきた奥村に、

「なかなかいい耳をしておるではないか。隠居してしまうのは惜しいな」

と声をかけた。単に噂を耳にしただけでなく、隠居の身の暇にあかして付近で聞き込んだにちがいない。

「いえいえ、すっかり歳を取りましてね。耳も遠くなりました」

奥村は微笑を浮かべて言った。

「そのうちに、わしのところへも顔を出せ」

そう言い置いて、岩井は門をくぐった。

2

茂蔵は藪久の追い込みの座敷にいた。半刻（一時間）ほど前から、座敷の隅でちびちびと酒を飲んでいた。

茂蔵が藪久に来るようになって三日目だった。いつも、八ツ半（午後三時）ごろ来て一刻（二時間）ほど、酒を飲みながらねばっていた。

弥之助から山城屋の下働きの甚六が七ツ（午後四時）ごろ店に来ると聞いて、通っていたのである。

茂蔵は半纏に股引姿だった。献残屋の主人ではなく、職人に変装して町を歩き、藪久にも来ていた。刺客たちの目を逃れるためである。

店のなかには十数人の客がいて、そばをたぐったり酒を飲んだりしていた。職人や船頭などが多く、甚六と思われる男は来ていなかった。三日前に来たとき、それとなく小女に甚六のことを聞くと、五十がらみで色の黒い小柄な男ということだった。

今日も無駄骨か、と思い、茂蔵が腰を上げかけたときだった。暖簾をくぐって小柄な男が店に入ってきた。五十がらみで、顔が浅黒い。

……甚六だ！

と、茂蔵は確信した。

甚六は慣れた様子で店に入ってくると、追い込みの座敷の隅の方に腰を下ろし、小女に酒を注文した。

茂蔵は銚子と猪口《ちょこ》を手にして、甚六のそばに近寄り、

「甚六さんじゃァありませんか」

と、声をかけた。

「だれでえ、おめえは」

甚六は訝しそうな目で茂蔵を見た。

「お忘れですかい。茂八《しげはち》ですよ」

茂蔵は、まァ、一杯、と言って、甚六に猪口を握らせて酒をついだ。茂八は咄嗟に浮かんだ偽名である。

「茂八だと、知らねえなァ」

甚六は顔をひねりながらも、酒を受けた。

「むかし、桶屋になる前《めえ》に、山城屋さんに薪《たきぎ》を買ってもらってたんですがね。そのおり、甚六さんにも、いろいろ世話になって」

茂蔵は適当な話をした。

「そうかい。……思い出せねえが」

そう言いながらも、甚六は猪口の酒をうまそうに何杯か飲み干した。酒はいける口らしい。

「ところで、山城屋さん、だいぶ繁盛してるようだが、奉公人を雇うような話はありませんかね」

茂蔵は、銚子を差し出しながら言った。

「奉公人だと」

「へい、桶屋の方がうまくいきませんでね。山城屋さんに、下働きの口でもねえかと」

茂蔵がそう言うと、とたんに甚六が顔をしかめて、

「やめときな。おめえのその体なら、人足でも車引きでも、何でもできるじゃァねえか。それに、山城屋は繁盛してるように見えるが、なかにはいろいろと揉め事があってな」

そう言うと、また一気に猪口の酒を飲み干した。

そこへ、小女が甚六に注文された酒と肴《さかな》を運んできた。肴は大根と烏賊《いか》の煮付にたくあんだった。

茂蔵は甚六のために、あらたな酒を注文してやった。茂蔵の手にした銚子は空になっていたのだ。

「へッへへ……すまねえなァ」

甚六は目尻を下げて言った。顔が赭黒く染まってきた。いくぶん酔いがまわってきたようである。

「まさか、山城屋さんにかぎって揉め事などねえでしょう」

茂蔵は水をむけてみた。

「それがよ、つい半月ほど前《めえ》も、大騒ぎよ」

甚六は赭黒い顔で茂蔵を見ながら急に声をひそめた。

「何があったんです」

「でけえ声じゃァ言えねえが、あるじの久右衛門と番頭の勝兵衛《しょうべえ》が主だった奉公人を集めてすごい剣幕で怒鳴りつけ、ひとりひとり締め上げたらしいんだよ」

甚六は目をギラギラひからせてしゃべった。この手の話が嫌いではないらしい。

「商売で何か落ち度でもあったんで？」

「そんなんじゃァねえ。何でも、店の大事な帳簿と書付けを持ち出したやつがいるてえ噂だぜ」

「へえ……。でもよ、そのくれえの騒ぎはどこの店でもあると思うがな」

茂蔵はわざとぞんざいな物言いをした。

「それだけじゃァねえんだ。ここだけの話だがよ」

甚六はむきになったらしく、茂蔵の耳に顔を寄せて、だれにも言うんじゃァねえぜ、と念を押し、

「その後、三日ほどして、仙吉《せんきち》ってえ手代がいなくなっちまったのよ。店の者の噂じゃァ、やめさせて店から放り出したか、国に帰したか。……折檻されて死んじまったんじゃァねえかとまで言うやつもいるんだぜ」

と、ささやいた。

「そんなことがあったんですかい」

茂蔵は、戸暮と柏が殺された件にかかわっての騒ぎだろうと思った。

戸暮か柏が仙吉に接近し、桐島の時服の調達にかかわる不正を証拠だてる帳簿や書付けを持ち出させたのではないだろうか。それを察知したあるじと番頭が、主だった奉公人たちを詮議したのだろう。

そして、仙吉が持ち出したことが分かり、国へ帰されたか殺されたかしたにちがいない。その帳簿や書付けはどうなったのか。戸暮と柏が市中で暗殺されたことを考えれば、帳簿類は取り返し、山城屋にもどっているとみてもいいのかもしれない。

「そうよ。だからな、山城屋に奉公してえなんて思わねえ方がいいぜ」

甚六は、茂蔵から身を引いて胡座《あぐら》をかきなおした。

「そうしやす」

茂蔵は殊勝な顔をしてうなずいた。

それから半刻（一時間）ほど、茂蔵は甚六にそれとなく桐島、東山藩、根岸藩などのことを訊いてみたが、探索の役にたつようなことは聞き出せなかった。

茂蔵は腰を据えて飲んでいる甚六のために、さらに酒を注文してやってから藪久を出た。

……次は番頭の勝兵衛をたたくか。

茂蔵は掘割沿いの道を歩きながら胸の内でつぶやいた。

3

左近は南八丁堀大富町の板塀のそばに立っていた。通称、浅利《あさり》河岸と呼ばれる地で、掘割沿いに町家が軒を連ねている通りである。左近が立っているのは小体な酒屋のそばだった。

蓬田はその通りの先にある鏡心明智流の桃井《もものい》道場へ通っていた。左近は同門ではなかったが、蓬田のことを知っていた。左近が御徒目付だったころ、蓬田の父親が同じ役だったので屋敷を訪ねたことがあった。そのとき、倅の庄之助と会い、剣談義に花を咲かせたことがあったのである。すでに、蓬田は家を継いでいたが、小普請だと聞いていた。

左近は蓬田に会って、日本橋川沿いで待ち伏せていた武士のことを訊いてみるつもりだった。武士は鏡心明智流と名乗った。あれだけの腕なら、同門である蓬田が知らぬはずはないと思ったのである。

左近は羽織袴姿で来ていた。牢人体では蓬田が迷惑だろうと思ったのと、刺客たちの目をあざむくためでもあった。

小半刻（三十分）ほど待っていると、下駄の音がし、蓬田が姿を見せた。二十代後半の長身の男である。手に竹刀袋を持っていた。稽古の帰りのようだ。

「宇田川どのでは、ござらぬか」

蓬田は左近の顔を見て驚いたように目を剝いた。無理もない。左近とは五年ほども会っていないのだ。

「息災のようだな」

左近は歩を寄せた。

「何か、ご用で？」

蓬田が訊いた。左近が路傍に立って蓬田の帰りを待っていたことに気付いたようだ。

「鏡心明智流のことで、すこし訊きたいことがあってな」

「それならば、家に寄ってください。父もいると思いますから」

蓬田の屋敷は、大富町から南にすこし歩いた西本願寺の近くにあった。

「いや、歩きながら話そう。いい日和《ひより》だ」

そう言って、左近は頭上に目をやった。よく晴れていた。春らしいおだやかな日である。屋敷内より、歩きながらの方が気持がいいだろう。それに、左近は牢人の身であり、蓬田の父親と昔話はしたくなかったのだ。

ふたりは小体な表店のつづく大富町の通りを八丁堀川の方へむかって歩いた。

「実は、過日、ささいなことが原因で鏡心明智流の手練に立ち合いを挑まれたのだ」

左近はくわしい事情を話すつもりはなかった。

「立ち合いを」

蓬田は驚いたような顔をして左近を見た。

「ところが、そやつ、名乗らぬ。まァ、うまく逃げたので、放っておいてもいいのだが、やはり気になってな。そやつの素性だけでも知りたいと思って訪ねて来たのだ」

「歳のころは」

「三十二、三かな。色の浅黒い目付きのするどい男だ」

左近は、中背で腕や首が太く、腰がどっしりとしていたことなどを話した。

「だれだろう……。何しろ、門弟が多いもので」

蓬田は記憶をたどるように虚空に視線をとめていた。

「そやつ、青眼に構え、切っ先を左目につけてきた。剣尖がするどく、どっしりとした大きな構えだ」

左近が言った。剣や竹刀を交えたことのある者なら、その構えからだれであるか分かることもある。

「藤堂さんかもしれませんよ」

蓬田がささやくような声で言った。その顔に戸惑うような表情が浮いていた。

「藤堂……」

どこかで聞いた名のような気もしたが、左近は思い出せなかった。

「ええ、藤堂伸三郎さんです。ただ、藤堂さんは大富町の道場ではなく、北山道場の門弟でしたので、わたしもくわしいことは知らないのですが」

蓬田はゆっくり歩きながら言った。

大富町の道場というのは蓬田が通っている桃井道場で、北山道場は桃井道場の高弟だった北山兵衛門がひらいた道場である。

「北山道場の藤堂か」

左近は思い出した。ただし、名だけである。左近が神道無念流の道場に通っていたころ、北山道場に藤堂伸三郎という遣い手がいると聞いたことがあったのだ。

「ですが、藤堂さんは七、八年も前に改易になり、道場もやめてしまいましたよ」

「改易に」

となると、致仕しただけなく武士の身分も失ったはずである。

「なんでも、同じ御徒衆と酒席で喧嘩になり、相手を殴り殺したとか。当時は、道場でもだいぶ噂になりましたが……」

そう言って、蓬田は顔を曇らせた。さきほど戸惑うような表情を浮かべたのは、藤堂の身の上を哀れむ気持があって話しづらかったのであろう。

「いまは何をしているのだ」

身装《みなり》は武士だった。大名家にでも仕官したのであろうか。

「長い牢人暮らしで、日傭取りをして口を糊していると聞いたことがあります」

「日傭取り……。そんなふうには見えなかったな。主持ちの武士のようだったが」

身装だけでなく、その日暮らしの荒廃した雰囲気もなかった。

「そうなんですよ。藤堂さんは、ことのほか士道を重んじ、武士としての面目を大事にした人のようです。道場をやめ、日傭取りをしながらも、剣の修行はやめなかったと聞いてますから」

「それで、立ち合いか」

左近は、待ち伏せていた男は藤堂にまちがいないと確信した。

藤堂は武士としての矜持を守るため、闇討ちではなく立ち合いを挑んだのだ。背後からふたりの武士が助勢に駆け付けたのを見て、寄るな！　と叫んだのも、多勢で取り囲んで斬りたくなかったからであろう。

「藤堂だが、住居は分かるか」

左近が訊いた。

「さァ、そこまでは。……桃井道場の者が、米河岸で荷揚げ人足をしているのを見たことがあるといってましたが」

「そうか」

左近は蓬田に礼を言って別れた。

そのままの足で、左近は米河岸に行ってみた。藤堂のことはすぐに分かった。米河岸で働いている船頭や人足に訊くと、何人かが藤堂のことを知っていたのである。

左近がどこに行けば藤堂に会えるか訊くと、

「藤堂の旦那は、ここ一月ほど河岸に姿を見せませんぜ」

赤銅色に陽灼《ひや》けした船頭が答えた。

「住居は知らぬか」

「さァ、長屋住まいとは聞いてやしたが」

船頭は首をひねった。そばにいた仲間も知らないらしく、口をつぐんでいる。

そのとき、若い船頭が、

「半月ほど前だが、藤堂の旦那が歩いてるのを見やしたぜ」

と、言いだした。

その船頭によると、藤堂は御家人か江戸勤番の藩士と思われる武士と連れ立って下谷広小路を歩いているのを見たという。

「藤堂の旦那は羽織袴姿で二本差し、どこから見ても、れっきとしたお侍でしたぜ」

若い船頭は、仕官したにちがいねえ、と言い足した。

「そうかもしれぬ」

左近は船頭たちに礼を言って離れた。

ただ、このご時世で尋常な手段で仕官などかなうはずはなかった。おそらく、仕官を条件に闇仕置にくわわったのであろう。

それにしても、闇仕置は手練ぞろいである。藤堂もそうだが、いっしょにいた武士もかなりの遣い手のようだ。

……頭目はだれであろう。

左近には藤堂が頭目とは思えなかった。闇仕置の頭目は、おもてに姿をあらわさず、忠成の命を受けて藤堂たちを動かし、影目付を皆殺しにしようと暗躍しているのであろう。

……容易ならざる相手だ。

左近は日本橋通りの人混みのなかを歩きながらつぶやいた。

4

「亀田屋さん……」

戸口の向こうで弥之助の声がした。

亀田屋の離れにいた茂蔵は、すぐに立ち上がった。

引き戸をあけると、黒装束に身をつつんだ弥之助が戸口に立っていた。その装束は夜陰に溶け、双眸がうすくひかっている。

「勝兵衛が動いたか」

「日本橋、堀江町にある梅嘉《うめよし》という料理屋に入りやした」

弥之助はくぐもった声で言った。

ここ数日、見張りだけなら傷にさしつかえないということで、弥之助は山城屋を見張り、番頭の勝兵衛を拉致《らち》する機会を狙っていたのである。

「ひとりか」

「山城屋を出たのは、ひとりです。ですが、梅嘉には、東山藩と根岸藩の者も来ているようです」

弥之助によると、勝兵衛と前後して供連れの武士がふたり、すこし間をおいて梅嘉に入ったという。

「よし、勝兵衛を捕らえる。念のため、左近さまの手も借りよう」

すぐに、茂蔵は戸口から出て、離れの脇にある拷問蔵《せめぐら》にひそんでいる左近を呼びに行った。

拷問蔵は、放置されたままの古い土蔵である。店の奉公人たちは使い物にならない土蔵と認識しているだけで、近付きもしない。

茂蔵は左近をその土蔵に住まわせ、ときおり離れに運ばせた食事を左近にまわし、自分は外出したおりに食べるようにしていた。

土蔵の奥から出てきた左近は、

「そろそろ、今度の一件を始末して、長屋にもどりたいものだな。土蔵暮らしにも、飽きてきた」

と、伸びをしながら言った。

「そのためにも、勝兵衛をたたくのが一番の早道と思いましてね」

茂蔵はこれから勝兵衛を捕らえに行くことを話した。

「分かった。おれも、行こう」

左近は刀を差して土間へ下りた。

三人は亀田屋の脇の小径へ出て表通りへ出た。

頭上に弦月が出ていた。提灯はなくとも歩けそうである。三人は京橋を渡り、日本橋通りを神田方面にむかった。ふだんは賑やかな通りだが、五ツ（午後八時）ごろなので、ほとんど人影はなかった。それでも、提灯を奉公人に持たせた商家の旦那ふうの男や飲み屋にでも出かけるらしい若い男などが、足早に通り過ぎていく。

三人は日本橋を渡ると右手にまがり、日本橋川沿いの道を川下へむかって歩いた。江戸橋

のたもとを過ぎて掘割沿いの道に入ったところで、

「あっしが店の様子を見てきやすから、旦那方はここいらで待っていてくだせえ」

そう言い残して、弥之助が駆けだした。

梅嘉は、掘割沿いの道を二町ほど行った先にあるという。

茂蔵と左近は掘割の岸辺に引き上げられままになっている廃船の脇に身を隠した。その通りはひっそりとして人通りはほとんどなかったが、それでも夜鷹そば屋や飄客《ひょうかく》がときおり通りかかった。

ふたりがその場にひそんで半刻（一時間）もしたろうか。走ってくる足音がし、弥之助が姿を見せた。

「旦那、勝兵衛が来やす」

弥之助が夜陰に目をひからせて言った。

「勝兵衛ひとりだな」

「それが、若い武士がひとりついてやすんで」

「東山藩か根岸藩の藩士かもしれんな」

茂蔵は、供侍のひとりが勝兵衛の護衛についたのではないかと言い添えた。

「そやつは、おれが始末しよう」

左近が言った。

「来やす」

弥之助の声に茂蔵と左近が通りに目をやると、提灯の明りとぼんやりとした人影が浮き上がっていた。提灯を持っているのが、護衛役の藩士らしい。二刀を帯びている姿が識別できた。

三人は廃船の陰に身を隠し、勝兵衛たちが近付くのを待った。

提灯の明りがしだいに近付いてくる。ふたりの足音がはっきりと聞こえ、勝兵衛らしい商人ふうの人影も見えてきた。

「行くぞ」

そう言い置いて、左近が廃船の前から通りへ出て、近付いてくるふたりの前方に立った。

茂蔵と弥之助は廃船の後ろから掘割沿いをたどって勝兵衛の背後にまわり込んだ。

「なにやつ！」

護衛役の武士が誰何した。

無言のまま左近が歩を寄せると、武士は提灯を路傍に投げ捨てた。辻斬りか物盗《と》りと思い、戦うつもりのようだ。

ボッ、と音をたてて提灯が燃え上がり、左近と勝兵衛たちふたりを浮き上がらせた。護衛役の武士は刀の柄《つか》を握り、こわばった顔で左近を凝視している。

左近は無言で抜刀した。

「おのれ！　曲者」

護衛役の武士も刀を抜いた。

左近は八相に構えると、突如、武士にむかって疾走した。

慌てて武士が青眼に構えた。だが、体がこわばり恐怖と興奮とで切っ先が震えている。

左近は一気に間合をつめながら刀身を峰に返した。殺すまでもないと思ったのである。

イヤアッ！

鋭い気合を発し、左近は八相から袈裟に斬り下ろした。

左近の斬撃を受けた武士は、咄嗟に腰が引け、上体だけが伸び上がったような体勢になった。胴ががら空きである。

左近はすばやく二の太刀をふるった。袈裟から胴へ。一瞬の連続技である。

ドスッ、という鈍い音がし、武士の上体が前にかしいだ。そのまま前につんのめるように泳ぎ、両膝をついてつっ伏した。武士はそのまま動かなかった。失神したのかもしれない。

この様子を見た勝兵衛は、喉のつまったような悲鳴を上げて反転した。その前に茂蔵が立ちふさがった。

「逃がさねえぜ」

茂蔵は素早い動きで身を寄せ、勝兵衛に当て身をくれた。

一撃で、勝兵衛は失神した。茂蔵は柔術と捕縛術の達者である。素手で相手を取り押さえたいとき、茂蔵ほど頼りになる男はいなかった。

大柄で剛力の主でもある茂蔵は勝兵衛の片腕を自分の首にまわし、抱きかかえるように軽々と持ち上げた。そうやって歩く姿は、酔いつぶれた仲間を連れて帰るように見えた。しかも、茂蔵は通りかかった者に不審を与えぬよう、ほら、ほら、しっかりしろ、すっかり酔っちまって、家まで歩けるか、などと声を出しながら歩いた。

左近はすこし後ろから歩き、黒装束の弥之助は軒下闇や物陰をたどりながら亀田屋にむかった。

5

茂蔵たちが勝兵衛を拉致した翌日の午後、亀田屋の拷問蔵のなかに岩井、茂蔵、左近の三人が集まっていた。三人は頭巾で顔を隠していた。

勝兵衛は黒布で目隠しをされたまま後ろ手に縛られている。まだ、日中だったが、蔵のなかは薄闇につつまれていた。内側から光を遮断し、なかを暗くしたのである。拷問場所を秘匿するためと、相手に恐怖感を与えるためである。

「目隠しを取ってやれ」

岩井が低い声で言った。

すぐに、茂蔵が勝兵衛の目隠しを取った。五十がらみ、痩身で鼻梁の高い男である。勝兵衛は大きな目を不安そうに動かした。

「ここは……」

勝兵衛は蒼ざめた顔で言った。

闇に目が慣れて周囲に立っている黒覆面の男たちに気付くと、勝兵衛は恐怖に目を剝き、

「お、おまえさんたちは、だれなんです」

と、震えを帯びた声で訊いた。

「われらは亡者だ。おまえに訊きたいことがある」

岩井が勝兵衛を見すえて言った。双眸が射るように鋭い。ふだんの優しげな目ではなかった。岩井は影目付の頭として勝兵衛の前に立っていた。

「も、亡者……」

勝兵衛は激しく身を震わせた。

「おとなしくしゃべれば、痛い目をみずにすむ」

「…………！」

勝兵衛は恐怖にひき攣った顔で岩井を見つめた。

「まず、山城屋と東山藩、根岸藩とのかかわりを訊こうか」

岩井がそう言ったが、勝兵衛は口をひき結んだまま顔を横に振った。しゃべる気はないらしい。

「ここは町方の拷問蔵の比ではないぞ。いまだ、われらの拷問《せめ》に口を割らぬ者はおらぬ」

岩井はそう言って、茂蔵の方にひとつうなずいて見せた。

すると、茂蔵がそばにあった古い小簞笥《こだんす》の引出しから、ふたつ折にした厚手の布を取り出してひらいた。そこには、太さのちがう数本の針が挟んであった。三寸ほどの長い針である。これが、影目付としての岩井たちの拷問具だった。

「これはな、畳針だよ。これを爪の間から刺す。痛いぞ。……これを順に刺していく。いままで、三本と耐えられた者はいない」

茂蔵が針を勝兵衛の鼻先にかざして言った。目が異様なひかりを帯びている。茂蔵は恵比寿のような福相の主だが、その目にはぞっとするような凄味があった。

「あまり、大声を出してもらいたくないのでな」

そう言うと、茂蔵は勝兵衛に猿轡《さるぐつわ》をかませ、しゃべりたくなったら、首を縦に振れ、と言って、勝兵衛の右足首をつかんだ。万力のような強い力である。

「さて、行くぞ」

茂蔵は右手に持った畳針を勝兵衛の親指の爪の間に刺し込み始めた。

脳天を衝き上げるような激痛が勝兵衛を襲ったにちがいない。勝兵衛は狂ったように上体を激しくよじり、目尻が裂けるほど目を剝き、猿轡の間から呻き声を洩らした。そして、すぐに頭を強く縦に振った。性根の据わった男ではないらしく、すぐに自白する気になったようである。

「だから言ったろう。おとなしく、しゃべれと」

そう言って、茂蔵は勝兵衛の猿轡を取った。

勝兵衛は恐怖に顔をゆがめ、ハァ、ハァ、と荒い息を吐いた。たった一本の針で死地をくぐってきたような凄絶《せいぜつ》な顔をしている。

「では、あらためて訊くぞ。山城屋と両藩とのかかわりは」

岩井が言った。

「……お、お出入りを許されている藩でございます」

勝兵衛は声を震わせて答えた。

「それは分かっておる。それ以外のかかわりだ。御側衆の板倉さまとのかかわりと言えば、分かるかな」

「そ、それは……」

勝兵衛は驚いたような顔で岩井を見た。おそらく、そこまで知られているとは思っていなかったのだろう。

「話さぬなら、もう一度猿轡をかませることになるが」

岩井がそう言うと、勝兵衛は慌てて首を横に振った。

「は、話します。つつみ隠さずお話しいたします。……あるじの久右衛門が御納戸頭である桐島さまを通して、板倉さまに両藩の御留守居役をお引き合わせしたのでございます」

「何のために、留守居役は板倉さまに会ったのだ」

「てまえにはくわしい事情は分かりませんが、両藩とも揉め事がありまして、お上に取り入ってお咎めから逃れようとしたのではないかと」

勝兵衛は語尾を濁した。

「その辺りのことは、当方もつかんでおる。われらが訊きたいのは、なぜ、両藩は山城屋を通したのだ」

東山藩と根岸藩はそれぞれ内紛があり、改易や減封の処断から逃れるために忠成や板倉に接近したことは分かっていた。

「そ、それは賄賂《まいない》でございます」

勝兵衛は言いにくそうに顔をしかめたが、岩井に問われるままにしゃべった。それによると、忠成と板倉の擁護を得るために、両藩は多額の賄賂を板倉に贈ったという。当然、その金は板倉から忠成の手に渡ることになる。

そうした贈賄が表に出ないよう、屋敷に出入りできる山城屋の手で桐島や板倉にとどけられたのだという。

「なるほどな」

山城屋は御用商人という特権で、自由に両藩の屋敷に出入りできるし、御留守居役とも接触できる。また、幕府の御用商人でもあるので、当然桐島に会うこともできるし、金を運んでも何の不審も抱かれない。つまり、山城屋は両藩の重臣を幕閣の実力者に紹介し、賄賂の運び役もはたしたのである。

「それで、山城屋は何を手にしたのだ」

岩井が訊いた。

「東山藩と根岸藩の呉服のご用は、山城屋だけで扱わせていただくことに……。それに、板倉さまのご紹介により、他藩へのお出入りも許されることになりました」

勝兵衛は他藩の名を出さなかったが、いくつかの大名家から御用商人の特権を得たようである。

「そういうことか」

岩井は得心した。

「さて、次は御納戸頭、桐島とのかかわりだが、幕府の時服の調達に際し、どの程度の上乗せをして納入したのだ」

岩井が声をあらためて訊いた。

6

「そ、それは……」

勝兵衛は苦渋に顔をしかめた。山城屋にとって両藩とのかかわりは仲介役にすぎないが、時服の納入に関する桐島との関係をしゃべれば、直接山城屋の悪事をあばくことになるのだ。

「また、針を使わねばならぬか」

岩井が恫喝するように言った。

「い、いいえ、お話しいたします」

勝兵衛は声を震わせて言った。

「上乗せの額は」

「そ、それは」

「ごまかしは通じぬぞ。われらもおよその額はつかんでおるのでな」

「て、てまえは、くわしい額は存じませぬ。す、数百両ほどかと……」

「一度ではないな」

岩井は念を押すように訊いた。

「いままでに、三度ほど」

勝兵衛は怯えたように視線を揺らした。

「そうか……」

おそらく、一度に数百両の上乗せをし、そのほとんどが賄賂として桐島の手に渡っているのであろう。そして桐島から板倉へ渡り、さらに板倉から忠成へと上納されているにちがいない。そうやって集めた多額の金は、忠成の権勢を高めるために将軍や大奥などへの献上品、有力幕閣などへの賄賂として使われているのであろう。

山城屋を中核とした板倉や忠成への金の流れが分かった。

「さて、それでは手代、仙吉のことを訊こうか」

岩井が言うと、勝兵衛はギクッとしたように身を硬直させて岩井を見つめた。

「仙吉を殺したな」

推測だったが、岩井はまちがいないだろうと思っていた。茂蔵から仙吉のことを聞いたとき、口封じか何かの落ち度を咎められて殺されたのではないかと、岩井は思ったのだ。

「……………！」

勝兵衛は硬直したように背筋を伸ばしたまま、口をひらかなかった。

「だれが殺した。おまえか」

岩井が凄みのある声で訊いた。

「て、てまえでは、ございません」

勝兵衛は怯えたような声で言った。やはり、仙吉は殺されたようである。

「では、だれだ」

「名は存じません。う、嘘ではございません。……店にときおり姿を見せ、あるじとときおり話している町人です」

勝兵衛によると、あるじの久右衛門は、店の奉公人たちにその町人を得意先の手代と紹介していたという。その男が仙吉を連れ出し、それっきり仙吉は店にもどってこなかった。勝兵衛が後で久右衛門に聞くと、仙吉は殺されたはずだと答えたそうである。

「その男、小柄ですばしっこそうな男ではないか」

岩井の脇にいた茂蔵が訊いた。

そのとき、茂蔵は脳裏に弥之助を襲った伊賀者らしい男のことがよぎったのだ。ただ、小柄ということのほかは人相も年の頃も分からなかったので、そう訊いたのである。

「は、はい、その男です」

すぐに、勝兵衛が答えた。

岩井もうなずいていた。伊賀者のことは、岩井も知っていたのだ。伊賀者は敵の刺客だった。やはり、久右衛門は闇仕置とも接触しているようである。

「ところで、勝兵衛、仙吉はなぜ殺されたのだ」

岩井が訊いた。

「…………」

勝兵衛は戸惑うような顔をして口をつぐんでいた。

「知らぬとは言わせぬぞ。おまえと久右衛門が主だった奉公人を集めてきつく詮議したことは分かっている。店の帳簿や書付けのことでな」

勝兵衛は驚いたような顔をして岩井を見た。そして、観念したらしく、視線を落とすと、実は、と小声で言った。

「お上へお納めした呉服の勘定目録などの帳簿、それに桐島さまからの受取書などの書付けを、脅されて店から持ち出した者がいたのです」

「それが、仙吉だな」

「はい」

「そうか。……ところで、仙吉が持ち出した帳簿と書付けは、取り戻して山城屋にもどっているな」

仙吉は、戸暮か柏に持ち出した帳簿と書付けを渡したはずである。ふたりが闇仕置の手で殺されたことと、ふたりに探索を命じた御目付の渋谷の手に帳簿と書付けが渡っていないことを考え合わせれば、山城屋にもどったとみていいのだろう。

「は、はい、どなたかは知りませんが、柳原通りまで追って帳簿と書付けは取りもどしたようです」

「うむ……」

柳原通りで殺されたのは柏だった。おそらく、柏が仙吉の弱みをにぎって脅し、帳簿と書付けを待ち出させて入手したのだ。ところが、このことに気付いた闇仕置が柳原通りまで柏を追い、斬殺して奪い返したのであろう。

……さて、どうするか。

岩井は胸の内で考えた。

その帳簿と書付けが手に入れば、すくなくとも山城屋と桐島の悪事をあばくことはできる。それを手に入れるために、勝兵衛を脅して持ち出させる手もあるが、むずかしいと思った。勝兵衛は間接的だが悪事にくわわったひとりである。露見すれば、我が身があぶないことは知っているはずだし、それに仙吉の轍《てつ》は踏むまいとするだろう。それに、下手に勝兵衛を帰せば、帳簿や書付けを処分されてしまう恐れがある。

「その帳簿と書付けはどこにある」

岩井は、場所さえ分かれば弥之助に侵入させて奪った方が確実だと思った。

「店に」

「店は分かっておる。店のどこだ」

「内蔵の証文箱でございます」

「その内蔵はどこにある」

岩井が訊くと、帳場の脇の廊下の突き当たりだと勝兵衛が答えた。

「鍵《かぎ》はどこにある」

内蔵の鍵がなければ、店内に侵入しても持ち出すことはできない。

「帳場の小箪笥の引出しに」

「その小簞笥に鍵はないのか」

「ございません」

「そうか」

勝兵衛が嘘を言っているようには見えなかった。岩井は、これだけ分かれば帳簿と書付けは持ち出せるだろうと踏んだ。

それから岩井は敵の刺客たちのことも訊いたが、勝兵衛は知らないようだった。

「これまでだな」

そう言うと、岩井は茂蔵に視線をむけ、ちいさくうなずいた。茂蔵は、承知しましたと答え、勝兵衛に目隠しをし猿轡をかませた。そして、片腕を勝兵衛の首にまわした。一瞬、茂蔵の顔が怒張し、閻魔のような面貌《おもて》に豹変した。

勝兵衛は激しく身をよじったが、カクッ、と首が前にかしいだ。全身から力が抜け、ぐったりとなった。扼殺《やくさつ》である。

「かわいそうだが、やむをえぬ。……茂蔵、左近、勝兵衛の死体を始末してくれ」

岩井がくぐもった声で言った。

「承知しました」

茂蔵が軽々と勝兵衛の死体をかかえ上げた。

7

勝兵衛を拷訊した翌日。子《ね》ノ刻（午前零時）過ぎである。

室町の表通りは夜の帳に沈んでいた。道の両側に軒を連ねる土蔵造りの店舗も夜の静寂につつまれ、ひっそりと寝静まっている。ただ、風があり、軒下を吹きぬける風音や看板を揺らす音などが聞こえていた。

山城屋の軒下の闇溜まりにいくつかの人影があった。黒装束で身をかためた三人。茂蔵、左近、弥之助である。弥之助の傷は、力を入れるとかすかな痛みを感じたが、ほとんど気にならないほどに癒えていた。

茂蔵は無腰でちいさな風呂敷包みを背負い、左近は大刀だけを帯びていた。

「弥之助、どこから入るな」

茂蔵が訊いた。

「裏手から」

弥之助は以前山城屋に侵入を試み、伊賀者に襲撃されたことがあった。そのとき、店に侵入するには裏手の板塀を越えるしかないとみていたのだ。

「行きやすぜ」

弥之助たちは小走りに細い路地をたどって裏手へまわった。月は雲に隠れていたが、星空だったので、ぼんやりと道筋を見ることができる。三人の足音は風音が消してくれた。

空地があり、その先に敷地を囲った板塀があった。以前、弥之助が伊賀者に襲われた場所である。

そこまで来て弥之助が足をとめた。背後から来た茂蔵と左近も足をとめて身をかがめた。三人は夜陰に目を凝らし、周囲をうかがった。ひそんでいる者の気配はない。

弥之助は茂蔵と左近を振り返ってうなずき、足音を忍ばせて板塀にむかった。茂蔵と左近が跟《つ》いてくる。

弥之助は六尺ほどの板塀の先端に手をかけて体を持ち上げ、板塀の上に腹這いになり、むこう側へ下りた。かすかな着地の音がしたが、風音にかき消されてしまった。

すぐに、塀のむこうから短い縄梯子《なわばしご》が下りてきて、茂蔵と左近はそれに足をかけて塀を越えた。板塀にかけられた縄梯子の先は、弥之助が足で踏んで支えていた。脱出用に縄梯子は塀にかけたままにし、三人は店舗の方へむかった。

土蔵の脇を通って店舗の裏まで来たとき、ふいに弥之助の足がとまった。

……いる！

土蔵の陰に人の気配がした。

突如、大気を裂く音がし、手裏剣が飛来した。三人は、パッと三方に散った。次の瞬間、地べたに棒手裏剣が突き刺さった。

伊賀者である。

土蔵の陰から飛び出し、疾走する黒い人影が見えた。夜走獣のようである。

連続して手裏剣が飛来した。走りざま、伊賀者が手裏剣を打ったのだ。

その手裏剣をかわしざま、左近は伊賀者を追って疾走した。弥之助と茂蔵も、別方向から追う。四つの人影が地をすべるように疾走し、風音のなかに足音と手裏剣が板塀や地べたに突き刺さる音が聞こえた。

弥之助が伊賀者の前にまわり込んだ。弥之助の足の速さは忍者にも負けなかった。

伊賀者が忍刀を抜いた。覆面の間から双眸が、野犬のようにひかっている。

弥之助はふところから匕首《あいくち》を抜いた。刀は差してこなかったのである。

伊賀者は低い八相に構えると、そのまま弥之助の前に疾走してきた。すぐ背後に左近が迫っていたのである。

伊賀者は八相から袈裟に斬り込んできた。鋭い斬撃である。その斬撃を、弥之助は匕首で受けた。

夜陰に青火が散り、にぶい金属音がひびいた。

弥之助が脇へ泳いだ。伊賀者の鋭い斬撃を匕首で受けたため、弥之助の体勢が大きくくずれたのである。

伊賀者は弥之助にはかまわず、そのまま板塀の方へ走った。三人相手では不利とみて、この場から逃げるつもりのようだ。

逃げる伊賀者のすぐ背後に左近が迫っていた。すでに抜刀した白刃が、星明りににぶくひかっている。

伊賀者が板塀に飛び付いた。そのまま体を引き上げて、塀を越えようとしたとき、背後から迫った左近が刀を一閃させた。

伊賀者の右足が落ちた。

伊賀者は呻き声を上げながら、なおも塀を這い上がろうとした。切断された足から、血が音をたてて流れ落ちている。

「逃さぬ」

左近は背後から伊賀者の胸を突いた。

切っ先は伊賀者の胸から板塀までつらぬいた。伊賀者は上体を反らせて喉のつまったような呻き声を上げたが、板塀の先にかけた手を離さなかった。

左近が刀身を引き抜くと、背中から血が激しく噴出した。心ノ臓をつらぬいたのであろう。伊賀者は血を撒きながら地面に落ちた。

なおも伊賀者は手と片足で這い逃れようと身をよじっていたが、いっときすると動かなくなった。絶命したようである。

「おまえを襲った伊賀者か」

左近がそばに来た弥之助に訊いた。

「こやつです」

弥之助が答えた。

「山城屋に近付く者に目をひからせていたようだな」

「まだ、いるかもしれん」

茂蔵が言った。

「おれが、ここで見張ろう。ふたりで、なかに入って書付けを手に入れてくれ」

「承知」

茂蔵が小声で言い、弥之助とふたりで店舗の裏口へむかった。

左近は土蔵の前の暗がりに身をひそめて、周囲に目をくばった。人のいる気配はしなかったが、どこから敵があらわれるか分からなかった。

裏口の引き戸はあかなかった。心張棒が支《か》ってあるらしい。

「多少、音がしてもしかたないな」

そう言うと、茂蔵はこのときのために持参した脇差を抜いた。

茂蔵が二枚の引き戸の間に脇差の先を差し込んで隙間を作り、片手を差し入れて強引にしならせた。さらにひらいた隙間から弥之助が手を差し入れて心張棒をはずした。

戸はあいた。それほどの音は聞こえなかった。

台所である。格子窓から射し込むかすかな明らみで、竈《へっつい》や食器類などを並べた棚が識別できた。

ふたりは暗闇のなかにうずくまり、茂蔵が背負ってきた風呂敷包みから龕灯《がんどう》を取り出し、石を打って火を点けた。店内に侵入してから使うために持参したのである。

ふたりは足音を忍ばせ、店舗の表の方へむかった。売り場の奥が帳場になっているはずである。

呉服屋らしいひろい売り場だった。がらんとして漆黒《しっこく》の闇につつまれている。家族や奉公人は眠り込んでいるらしく、人声も物音も聞こえなかった。

帳場格子のむこうに帳場机があり、その奥に小箪笥があった。すぐに、弥之助が引出しをあけた。鍵は一番下の引出しに入っていた。

「ありましたぜ」

弥之助が鍵を取り出した。

ふたりは、帳場の脇の廊下から奥へむかった。奥へつづく廊下はそこだけだったので、内蔵は突き当たりにあるはずである。

廊下の両側は障子だった。座敷になっているらしい。ふたりは足音を忍ばせて歩いた。奉公人の寝部屋もあるはずである。

ふいに、右手の座敷で物音がした。夜具を動かすような音と畳を踏む音である。だれか起き出したようだ。

咄嗟に、茂蔵は龕灯の火を消し、廊下の隅にかがんだ。弥之助も同じように身を伏せた。すぐに濃い闇が黒装束のふたりをつつみ込んだ。すぐそばに近付かなければ、分からないだろう。

障子があいて、寝間着姿の男が廊下に出てきた。どこからか明りが射し込むらしく、かすかに人影だけは識別できる。

厠にでも起きたらしい。男は目をこすりながら、障子をしめた。

……まずい!

男は茂蔵たちの方へ歩いてきた。厠は茂蔵たちのいる方にあるらしい。闇に溶けているとはいえ、すぐ脇を通れば人のいる気配に気付くだろう。

男は手で障子をつたいながら、近付いてくる。

茂蔵は腰を上げた。

男が半間ほどに近付いたとき、茂蔵は踏み込んで男の腹に当て身をくれた。男は低い唸《うな》り声を上げ、そのまま前に倒れそうになったのを、茂蔵が抱きかかえた。そして、音のしないようにそっと廊下の端に寝かせた。

「行くぞ」

茂蔵が小声で言った。

ふたりは内蔵の前に来た。観音開きの頑丈そうな扉が付き、錠前がかかっている。茂蔵はもう一度石を打って龕灯に火を点けた。

弥之助が鍵を差し込むとすぐに錠前はあいた。内蔵のなかには、千両箱、小銭箱、印鑑箱、大福帳などが所狭しと並んでいる。

「証文箱はあれだな」

細長い木箱が千両箱の脇に置いてあった。

「これにも、鍵がかかってる」

ちいさいが錠前がついていた。蓋《ふた》は簡単にはあきそうもない。

「面倒だ、箱ごと持っていこう」

茂蔵は証文箱をかかえ上げた。

ふたりは、廊下を通って帳場にむかった。当て身をくれた奉公人は、まだ廊下の隅に横たわっていた。

裏口から外へ出ると、弥之助が手にしていた龕灯の火を消した。

「だれも姿を見せなかったぞ」

近付いてきた左近が小声で言った。他の刺客はいなかったようである。

「長居は無用」

三人は夜陰のなかへ駆けだした。

8

障子があけられ、晩春のやわらかな微風が書院のなかに流れ込んでいた。楓《かえで》の淡い新緑が風にゆれている。縁先で雀が餌《えさ》でも啄《ついば》んでいるらしく、チュン、チュンという鳴き声が聞こえていた。

そのとき、廊下でせわしそうな足音がした。その音に驚いたらしく、雀の飛び去る羽音が聞こえた。

「岩井、待たせたのう」

姿を見せたのは、松平信明だった。

小袖を着流したくつろいだ格好である。おそらく、下城して裃を着替えるとすぐにここへ来たのであろう。

岩井はかしこまって低頭した。いつものことだが、老中主座である信明と対座すると、緊張するのである。

「楽にいたせ」

信明は障子の間から庭先に目をやり、いい陽気になったな、と言って相好をくずした。

岩井も庭先に目をやった後、

「伊豆守さまのお指図を受けるため、参上いたしました」

そう言って、話を切り出した。

昨日、岩井は松平家の上屋敷を訪ねて用人の西田と会い、今日、信明に拝謁《はいえつ》できるようにしてもらったのである。

「事件の探索が進んだようだな」

「はい、ふたりの御徒目付が殺害された件の探索はあらたかた済みましてございます」

「そうか。話してみてくれ」

「その前に、山城屋と東山藩、根岸藩のかかわりをお話しいたします」

そう言って、岩井は山城屋と両藩のかかわり、御側衆、板倉重利への金の流れなどを話した。

「なるほどのう。だが、出羽なれば、そのようなことは他にもあろうな」

信明は平静だった。かすかに顔を曇らせただけである。

出羽と言ったのは、忠成のことである。板倉から忠成に金が流れていることは、信明も承知しているのだ。信明によると、他の大名からも手を替え品を替え、賄賂が持ち込まれているはずだという。

「ただ、東山藩と根岸藩には、わしから釘を刺しておこう。つまらぬことをすると、かえってお上の覚えが悪くなるとな」

信明はそう言うと、話の先をうながすように岩井を見つめた。

「まず、御納戸頭、桐島定之助の時服の納入に関する不正でございます」

岩井は持参した帳簿と書付けを取り出し、これを御覧いただきたいと存じます、と言って、それらを信明の膝先に置いた。

帳簿は幕府御用に関する記載のある勘定目録や落札帳だった。それらを見ると、時服として幕府に納めた呉服の品目、量、値などが記載されている。桐島のあつかった品が他と比べるとかなり高値であることが分かる。

信明はしばらく帳簿を繰っていたが、

「だいぶ、高値で買わされたわけだな」

そう言って、別の書付け類を手にした。それは桐島の名で出された金の受取書や、今後も山城屋に便宜をはかることなどを約した証文だった。

「なるほど、幕府が支払った余分な金は、そっくり桐島にもどされたわけか」

信明の目がひかりを増し、能吏らしい顔付きになった。

「はい、その金は桐島から板倉さまへ渡り、さらに出羽守さまへ上納されたことは、まずまちがいないと存じます」

岩井が重いひびきのある声でつづけた。

「このことを調べました戸暮と柏は、板倉さまを通じて動く刺客たちに始末されたようでございます」

「やはりそうか」

「いずれも、手練でございます」

岩井は、これまでの刺客との戦いで、影目付の牧村が斬殺されたことと、敵の刺客ふたりを斃したことを言い添えた。

「その刺客たち、闇仕置と呼ばれているようです」

「闇仕置とな！」

信明が驚いたように聞き返した。

「はい」

「うむ……。出羽が命名したのであろう。それで、闇仕置の頭目は知れたのか」

信明が訊いた。

「それが、いまだに知れませぬ。すくなくとも、頭の他に三人はいると思われます」

「何とか、闇仕置を始末したいな」

「いかさま」

岩井も、闇仕置を始末するのは影目付の任務だと思っていた。

「どうじゃな、この帳簿類を渋谷に渡して桐島を詮議させ、さらに板倉を追及させては。……さすれば、そちは闇仕置と山城屋を闇に葬ることに専念できよう」

「承知しました」

岩井も、これから先、板倉や忠成を追いつめるのは御目付の仕事だと思っていた。影目付としてやるとすれば、闇仕置と山城屋の始末ぐらいである。

「せめて、板倉だけでも追いつめたいがな」

信明は、桐島は証拠があるので断罪できるが、板倉まで追及するのはむずかしい、と口にした。今後も板倉や忠成に関する証拠は出てこないだろう、と信明は思っているようである。岩井も、現状では板倉や忠成を追いつめることはむずかしいと思っていた。推測だけで、桐島から板倉や忠成に金が流れた確証は何もないのである。

「伊豆守さま、お願いがございます」

岩井が声をあらためて言った。

「願いとは」

「これらの帳簿類、しばらくの間伏せておいていただきたいのですが」

「かまわぬが、その間、桐島もこのままということになるぞ」

「はい、われらが闇仕置と山城屋を始末するまで待っていただきたいのです」

渋谷が桐島を拘束して詮議を始めれば、板倉や闇仕置たちは帳簿類が御目付に渡ったことを知り、新たな手を打ってくるかもしれない。そうなれば、始末するのはむずかしくなるだろう。

このまま放置しておけば、桐島と山城屋は板倉に訴え、闇仕置たちを動員して何とか帳簿類を取り戻そうとするはずである。当然、闇仕置は総力を上げて影目付を狙ってくる。そこを返り討ちにして仕留めるのである。

「だが、長くは待てぬぞ」

「半月ほど」

岩井はその間が闇仕置との勝負だと思った。

「分かった。待とう」

信明は岩井を見つめ、油断いたすな、と低い声で言い添えた。信明は岩井の決意を感じ取ったのである。

第五章　剣鬼たち

1

「おまえさま、お出かけですか」

戸口に立った幸江が、心配そうな顔で訊いた。

「今日も供をせねばならぬのでな」

藤堂は大和守安定を腰に帯びながら言った。

藤堂の右頰に二寸ほどの刀傷があった。左近の横面斬りで、目尻の下から唇にかけて斜に斬られた傷痕である。

幸江は藤堂の傷を見てひどく驚いた。そして、仕官した藤堂がどのような役柄に就いているのか、強い不安を覚えたようだった。

幸江の問いに藤堂は、以前と同じ御徒衆だが、剣の腕を見込まれ、さる要人の警護についていると話した。

「この傷は、曲者がそのお方を襲ったとき、受けた傷だ」

藤堂は、そう説明した。

幸江は藤堂の話を聞き、それ以上問うことはしなかったが、不安と疑念は払拭《ふっしょく》しきれないようだった。

「あぶないことはないのでしょうか」

幸江は不安そうな目差しで藤堂を見つめた。

「幸江」

藤堂は幸江に顔をむけて言った。

「おれは武士だ。死を恐れては、こうして刀を帯びて生きていくことはできぬ。行住坐臥《ぎょうじゅうざが》、いつでも死ねる覚悟はできている」

「…………」

幸江は眉宇を寄せて困惑したような表情を浮かべた。

「幸江、おれは、牛馬のごとく生きるより、武士として潔く死ぬ道を選ぶ。おまえも武士の妻として生きてくれ」

藤堂は幸江を見つめ、訴えるような口調で言った。

「は、はい」

幸江はうなずいたが、その顔には暗い翳がはりついていた。

「そうは言っても、すぐに、おれが斬られて死ぬようなことはない。心の持ちようを言ったまでだよ」

そう言って、藤堂は急に顔をくずした。

それを見て、幸江もほっとしたように口元に微笑を浮かべた。

「行ってくるぞ」

藤堂は外へ出た。

曇天だった。厚い雲が空をおおっている。そよという風もなく、長屋や小体な裏店のつづく家並は胸のつまるような静寂につつまれていた。

藤堂は亀井町から柳原通りへ出て、神田川にかかる和泉橋を渡った。これから、下谷車坂町の明勝寺へ行くつもりだった。中里から呼び出されたのである。

ごてごてと小体な武家屋敷がつづく御徒町通りを歩きながら、藤堂は日本橋川沿いで立ち合った武士のことを思った。牢人体だったが、影目付のひとりとのことだった。おそらく、自分と同じような立場であろう、と藤堂は推測した。

……神道無念流を遣うらしいが、いい腕だ。

藤堂が、いままで出会ったことのない剣の遣い手だった。

いずれ、ちかいうちに決着をつけることになるだろう。藤堂も逃げるつもりはなかった。

……勝てるか。

藤堂は自問してみた。

技量は互角だと思った。そして、勝負は対峙したときの心の持ちようと運で決するだろうと思われた。

明勝寺の本堂には、六人の男が集まっていた。中里、村上、馬場。それに初めて見る武士がふたり、もうひとりは町人体の男である。三人とも三十代と思われる男である。六人の顔には苦渋の色があり、場は重苦しい雰囲気につつまれていた。何かあったようである。

藤堂は正面に座している中里に頭を下げてから、扇形に対座している五人の隅に腰を下ろした。

「藤堂、思わぬ事態でな。ここに集まってもらったのだ」

そう言って、中里が新顔のふたりを紹介した。

頤のはった眉の濃い武士が菊池《きくち》庄太夫《しょうだゆう》、肌の浅黒い痩身の武士が染谷《そめや》泰蔵《たいぞう》、小柄な町人体の男は寅次。ふたりの武士は中里の家士で、寅次は中間だった。

「この三人は、探索やわれらのつなぎ役として使うつもりだが、菊池と染谷は剣もかなりの腕だ」

中里が言い添えた。

三人の紹介を終えると、中里は、馬場から話してくれ、と言って、馬場に視線をむけた。

「亥八が斬られた。山城屋で見てきたが、足を斬られ、後ろから胸を突かれていた。おそらく、影目付の手にかかったのだろう」

馬場が顔をしかめて言った。

一昨夜、亥八は山城屋で見張っていたが、侵入した影目付とやりあったらしいという。

「それだけではない。われらが御徒目付から奪い返した帳簿類をふたたび奪われたらしいのだ」

中里が言った。

「なにゆえ、山城屋は帳簿類を処分してしまわなかったのです。敵が狙ってくるのは分かっていたはずでしょうに」

苛立った口調で、村上が口を挟んだ。

「山城屋にすれば、桐島さまに取り入る大事な帳簿や書類だからな。むやみに処分はできなかったのだろう。それに、内蔵まで開けられるとは思わなかったのだろうな」

「すると、影目付は内蔵を破ったのでござるか」

村上が驚いたような顔をして訊いた。

「そのようだ。……実は、三日前から山城屋の番頭、勝兵衛の行方がわからなくなっているのだ。勝兵衛は帳簿類が内蔵にしまってあることも、鍵の保管場所も知っていた」

「番頭が持ち出したのか」

「いや、そうではない。番頭が持ち出したのなら亥八を斬って店に侵入することはあるまい」

中里が断定するように言った。

「番頭が、影目付に捕らえられて口を割ったのか」

「そういうことだろうな」

つづけて口をきく者がなく、いっとき座は重苦しい沈黙につつまれた。藤堂も黙って座したままである。

「さて、これからどう動くかだが」

沈黙を破って、中里が重い口をひらいた。

「われらの任務は、影目付の始末にある。影目付が帳簿類を奪ったとなれば、なおのことやつらを一刻も早く仕留めねばならぬ」

「それで、手は」

村上が訊いた。

「山城屋と桐島どのだ。……影目付どもはひそかに侵入して、山城屋と桐島どのを始末するか、それともふたりを拘束して口を割らせ、さらに上層部とのかかわりをあばこうとするか。いずれにしろ、山城屋と桐島どのの前に、影目付が姿を見せるであろう」

「そこを襲って仕留めるのでござるな」

馬場が膝を乗り出した。

「そうだが、亥八のこともある。敵よりも人数を多くして、確実に仕留めるのだ」

「そのようなことができますか」

「策だ。……囮を使って、影目付どもをおびき出して襲う。こたびは、わしもくわわり、ここにいる七人で一気に影目付を殲滅する」

中里は一同を見渡して言った。顔がひきしまり、双眸がうすくひかっている。闇仕置の頭目らしい凄みのある顔である。

「だれを囮に使うのです」

馬場が目をひからせて訊いた。

「山城屋だ。すでに、手は打ってある」

中里は口元に酷薄そうな笑いを浮かべた。

それから、中里は自分の策をひととおり話した。その話が終わるとすぐ、藤堂が、

「拙者に、願いがございます」

と、口をひらいた。

「願いとは」

中里が藤堂に訊いた。他の五人の目も中里に集まっている。

「この傷をつけた男と、決着をつけとうございます」

藤堂は指先で右頰の傷痕を撫でながら言った。真剣勝負をしたいということである。

「よかろう」

中里がうなずいた。中里は藤堂が武士として尋常な勝負にこだわっていることを知っていたのである。

2

「お蘭さん、山城屋さんがみえてますよ」

お蘭の顔を見るなり、帳場にいたお静《しず》が声をかけた。お静は老舗の料理屋、菊屋の女将で、お蘭のことを可愛がってくれていた。

お蘭は馴染《なじ》みの客に呼ばれて菊屋に来ていたが、その客が帰り、置き家にもどるまえにお静に挨拶するため帳場に顔を出したのである。

お蘭は、別の店だが一度、山城屋久右衛門の席についたことがあった。それで、菊屋に久右衛門が来たら挨拶したいので、教えて欲しいとお静に頼んでおいたのだ。むろん、岩井に頼まれたことを探るためである。

「ご挨拶してもいいですか」

お蘭が訊いた。

「どうぞ、どうぞ。お蘭さんが顔を出したら、山城屋さんも喜ぶでしょうよ」

お静は上機嫌で言った。

「それで、お座敷は」

「牡丹《ぼたん》の間ですよ」

「大勢なんですか」

牡丹の間は、ひろい座敷で四、五人の客用だった。

「お武家さまが三人ごいっしょに。なんでも、お出入りを許されているお屋敷の方だとか」

お静は微笑を浮かべたまま言った。菊屋は武士の客も多かったので、久右衛門が武士といっしょでも、不審はいだかなかったようである。

「女将さん、行ってきます」

お蘭は褄《つま》を高く取って、階段を上った。牡丹の間は二階の隅の座敷である。

牡丹の間の障子をあけると、お蘭は廊下から久右衛門に挨拶した。久右衛門はすぐにお蘭の顔を思い出せないようだったが、一度呼んだことのある芸者だと気付くとたんに相好をくずした。

「おお、お蘭さんか、入ってくれ。せっかくだ、みなさまにご紹介しよう」

久右衛門は五十がらみ、赤ら顔で恰幅のいい男だった。唐桟の羽織に子持縞《こもちじま》の小袖、いかにも大店の旦那ふうの格好である。

正面に四十がらみの武士が座っていた。右手に、目付きの鋭い三十がらみの武士、左手は二十代半ばと思われる中背で痩身の武士だった。この男も、眼光がするどかった。

「お蘭ともうします。以後、ご贔屓《ひいき》に」

お蘭は座敷に入るとすぐ、指先をついて三人の武士に挨拶した。

久右衛門が四十がらみの武士を東山さま、三十がらみの武士を根岸さま、二十代半ばの武士を、柏さまと紹介した。それを聞いた東山と紹介された武士が、

「それはいい」

と言って、笑いだした。他のふたりの武士も笑っている。

……偽名のようだ。

と、お蘭は察したが、

「東山さま、おひとつどうぞ」

紹介されたとおりに名を呼んで、それぞれに酌をした。

四人はたいした話はしなかった。吉原の遊女のこととか飛鳥山の桜が見頃だとか、たわいもない話ばかりである。

ただ、お蘭が酌を始めて半刻（一時間）ほどしたとき、東山さまと呼ばれた四十がらみの武士が厠に立った。そのとき、久右衛門が、中里さまは酒もお強い、と根岸に小声で話しかけたのを、お蘭は聞き逃さなかった。

それからしばらくすると、お峰《みね》という菊屋の座敷女中がお蘭を呼びに来た。馴染みの客がお蘭を呼んでいるので、そちらの座敷にまわってくれというのである。

それ以上、牡丹の間でねばるわけにはいかなかった。お蘭は四人の客に挨拶して牡丹の間を出た。

お蘭が一刻（二時間）ほど馴染みの客の相手をして帳場にもどり、お静にそれとなく久右衛門たちのことを訊くと、もう帰ったとのことだった。

「でもね、山城屋さん、お蘭さんのことを気に入ったらしくてね、明日も来るから、呼んでおいてくれって言ってましたよ」

お静は目を細めて言った。

菊屋にとって、山城屋のような大店の主人が連日足を運んでくれることは願ってもないことなのだ。

翌日、お蘭は粗末な身装《みなり》に変えて亀田屋にむかった。菊屋で聞き込んだことを茂蔵に伝えるためである。お蘭としては、岩井に直接会って伝えたかったが、すぐに岩井につないでもらうわけにもいかなかったのだ。

ところが、亀田屋の離れに行ってみると、岩井が来ていた。茂蔵、左近、弥之助もいて、四人で何やら策を練っていたようだ。

「お蘭、何かあったか」

岩井は、お蘭が座敷に腰を落ち着けるとすぐに訊いた。わざわざ、お蘭が亀田屋まで足を運んできたのは、何かつかんだからなのである。

「来ましたよ、昨夜」

「だれだ」

「山城屋と、それにお武家が三人」

「武士の名が分かるか」

「ほんとの名じゃァないと思いますけど、東山、根岸、柏と紹介されました」

「偽名だな。……東山藩と根岸藩が咄嗟に頭に浮かび、そう口にしたのであろう。柏というのは、闇仕置の手で殺された柏条二郎からとったにちがいない。だが、そうした偽名を遣ったことからしても、そやつらがこたびの一件にかかわる者たちであることはまちがいないだろう」

岩井がそう言うと、

「それが、ひとりだけ名が分かったんですよ。四十がらみの目付きの鋭い男がいて、そいつのことを中里と呼んでいましたよ」

お蘭が茂蔵と左近にも目をやりながら言った。

「中里とな」

岩井は虚空を睨むように見すえていたが、

「中里杢兵衛かもしれぬ」

と、つぶやくような声で言った。その顔が、いつになくけわしかった。

「中里という男、何者です」

左近が訊いた。

「元御徒頭だが、いまは小普請のはず。わしが御目付の役にあったころ、板倉さまと親しいと耳にしたことがある」

岩井は、中里が馬庭念流《まにわねん》の達人で、剣の腕を見込まれて御徒衆から御徒頭に抜擢されたことを話した。

馬庭念流は、上州樋口《ひぐち》家に伝わる流儀で、上州や武州で盛んだった。江戸にも道場があるが、組太刀が中心の稽古なので人気はなく、門人もすくないはずである。ただ、実戦的な剣で、真剣勝負では遺憾《いかん》なく実力を発揮するといわれていた。

「そういえば、噂を聞いたことがあります。御徒目付だったころ、御徒頭に、馬庭念流の遣い手がいると」

左近が言った。

「闇仕置の頭は、中里かもしれぬな」

岩井は虚空を見すえたまま言った。

「すると、昨夜、山城屋といっしょにいた男が闇仕置の頭目！」

弥之助が声を上げた。

「そういうことになりそうだな」

岩井の双眸が強敵に挑むように強いひかりを放っていた。

いっとき、その場を緊張がおおっていたが、岩井が顔をやわらげて、

「お蘭、助かったぞ。やっと、敵の頭の姿が見えてきた」

と、ねぎらうように言った。

3

「実はな、わしらも山城屋が菊屋に行ったことはつかんでいたのだ」

岩井が言った。

山城屋を見張っていた弥之助が、店を出る久右衛門に気付き跡を尾けたという。

弥之助は菊屋の玄関先にひそみ、久右衛門たちが出てくるのを待っていた。しばらくすると、久右衛門が三人の武士とともに玄関先にあらわれた。

久右衛門には二十代半ばの中背で痩身の武士がつき、三十がらみの目付きの鋭い男は四十がらみの男と帰っていった。

弥之助は久右衛門を尾けた。久右衛門はともかく、いっしょに出た武士が気になったのである。闇が濃く、顔ははっきりしなかったが、その体軀に見覚えがあったのだ。

左近たちと神田川沿いにおびきだして佐久間を仕留めたとき、佐久間が村上と呼んだ闇仕置のひとりと体軀がそっくりだったのである。

弥之助は、村上だろうと確信した。それで、村上を尾行して住居をつかもうと思ったのである。ところが、久右衛門と村上は山城屋へ入り、そのまま出てこなかった。

「どうやら、村上は山城屋の身辺に張り付いているようなのだ。それで、ここに集まって村上をどう仕留めるか、策をめぐらせていたところなのだ」

と、岩井が言った。

それを聞いたお蘭が岩井の方に身を乗り出して、

「もうひとつ、お知らせすることがあります」

と、声をつまらせて言った。

「今夜も、山城屋が菊屋に来ることになっているんです」

「なに、まことか」

岩井が声を大きくした。

「はい、昨夜、山城屋は女将さんに座敷をとっておくように話して帰ったそうです」

「中里も来るのか」

「さァ、そこまでは」

分からない、と言って、お蘭は首を横に振った。

「うむ……。いずれにしろ、村上は連れてくるだろう。それに、山城屋と村上だけで飲むとは考えられぬ。中里も来るとみていいだろう」

岩井は、一同に視線をまわしながら言った。

「お頭、闇仕置の頭を斬るまたとない機会かもしれませぬ」

茂蔵が言った。弥之助と左近も、目をひからせてうなずいた。

「そうだな。……今夜はわしも行こう」

岩井は、村上と中里を仕留めれば闇仕置は壊滅するのではないかと言い添えた。

「わたしも、手伝いますよ」

お蘭が目を剝いて言った。

「闇仕置を斬るのは、わしらの仕事だ。お蘭は、できるだけ中里と村上に酒をついで酔わせてくれ」

「分かりました」

お蘭は仕方なさそうにうなずいた。


その日、陽が西にまわってから、岩井たちは亀田屋の離れで支度を始めた。岩井は背割れの野羽織に野袴、黒塗りの陣笠を手にしていた。茂蔵と左近は着物の下に鎖帷子《くさりかたびら》を着込み、武者草鞋《わらじ》で足元をかためた。弥之助は茶の筒袖にたっつけ袴。それぞれが影目付としての戦闘装束に身をかためたのである。

支度がすむと、茂蔵が用意した茶漬けで腹ごしらえをし、暮れ六ツ（午後六時）の鐘の音を聞いてから離れを出た。

四人は猪牙舟で柳橋まで行くことにしていた。夕闇につつまれていたとはいえ町筋には人影があり、身装《みなり》の異なる四人がいっしょでは人目を引いたからである。四人は京橋ちかくの桟橋につないでおいた猪牙舟に乗り、八丁堀川を下って大川へ出た。そのまま大川をさかのぼれば、柳橋まで行くことができる。

弥之助が櫓を漕いだ。神田川にかかる柳橋をくぐったところで舟を岸辺に寄せ、舫い杭につないで、岸に四人は飛び下りた。

すでに、辺りは暮色につつまれ、料理屋や小料理屋などの灯が通りを染めていた。三味線や手拍子、嬌声《きょうせい》や男の哄笑などが聞こえ、柳橋は華やいだ雰囲気につつまれていた。四人は人目を避けて、物陰や軒下闇をつたうように歩いた。

「お頭、あそこの塀の陰へ」

弥之助が菊屋から半町ほど離れた板塀を指差した。

そこは小間物屋らしかったが、すでに表戸をしめ、夜陰のなかにひっそりとたたずんでいた。住人はまだ起きているだろうが、ひそんでいるだけなら気付かれることもないだろう。

岩井たちが板塀の陰へ身を隠すと、

「お頭、様子を見てきます」

そう言い残して、弥之助がその場を離れた。

頭上で、十六夜《いざよい》の月がかがやいていた。すこし風があり、路傍の柳がザワザワと枝葉を揺らしている。

……ここで、襲うわけにはいかぬな。

神田川沿いの通りは夜陰につつまれていたが、ぽつぽつと人影があった。飄客、男衆を連れた芸者、料理屋に行くらしい商家の旦那ふうの男などが通りかかる。ここで、闇仕置の者たちと斬り合いになったら大騒ぎになるだろう。

岩井は、中里たちをすこし尾け、人影のない通りへ出てから仕掛けようと思った。

その場にひそんで半刻（一時間）ほどすると、走り寄る足音が聞こえ、弥之助がもどってきた。

「お頭、来ます」

「で、店を出たのは」

「山城屋と村上、それに中里と思われる三人です。そろって、こっちへ来ます」

「よし、やり過ごして、跡を尾けよう」

岩井が小声で言った。

4

通りの先に灯影《ほかげ》が見えた。提灯の灯である。その灯のなかにぼんやりと三つの人影が浮かんでいる。山城屋、村上、中里の三人であろう。

しだいに提灯の灯が近付き、足音もはっきりと聞こえだした。

岩井たち四人は、板塀の陰で息をひそめ、三人をやり過ごした。そして、灯が半町ほど先へ行ったところで通りに出て、跡を尾け始めた。

先を行く三人は、神田川沿いの通りを湯島の方へむかっていく。

浅草御門の前を通り過ぎて平右衛門町へ入ると、急に通りが寂しくなった。料理屋や飲み屋の灯はなくなり、どの表店も板戸をしめて夜の帳のなかに沈んでいる。行き交う人影もほとんどなくなった。

岩井たちは歩きながら黒覆面で顔を隠した。取り逃がしたときのことも考えたのである。

平右衛門町に入ってしばらく歩いたとき、岩井たちの後方に人影があらわれた。通りのどこかにひそんでいたらしい。五人いた。藤堂、馬場、菊池、染谷、寅次である。五人は岩井たちの跡を尾け始めた。

これが、中里の策だった。山城屋、中里、村上の三人が囮になって、影目付たちをおびき出し、総勢七人で襲って殲滅するのである。ただ、中里も影目付の人数は把握していなかったし、頭目の岩井が一刀流の達人であることまでは知らなかった。

通りはしだいに寂しくなり、頭上の月光が皓々《こうこう》とかがやいていた。神田川の流れの音と風にそよぐ岸辺の雑草の音だけで、物音も人声も聞こえなかった。

岩井はそろそろ仕掛けようと思った。

「弥之助、前へまわってくれ」

岩井が言った。逃げられないよう前後から襲うのである。

「承知」

弥之助は脇道に走り込んだ。足の速い弥之助なら、すぐに山城屋たちの前に出られるはずである。

「行くぞ」

岩井が小走りに、前を行く提灯の灯を追った。茂蔵と左近も、すぐさま後ろについてくる。

前を行く三人の足がとまった。背後から迫る足音に気付いたらしい。提灯の灯が三人の男を浮かび上がらせながら、岩井たちの方へむけられた。

「来たな」

中肉中背、全身をひきしまった筋肉でおおわれた男が、くぐもった声で言った。覆面で顔を隠した岩井たちを見ても驚いた様子はなかった。提灯の灯に浮かび上がった顔には、かすかな嗤いさえあるように見えた。

「うぬが、中里杢兵衛だな」

岩井が誰何した。

夜陰のなかにぼんやり浮かび上がった姿は、隙がなく腰も据わっていた。それに、頭目らしい貫禄と凄味が身辺にただよっている。岩井は一目で剣の手練であることを看破したのである。

名を口にされた中里は驚いたように目を剝いたが、すぐに表情を消し、
と、岩井を見すえて訊いた。

「おぬしの名は」

「亡者」

岩井が答えた。

「されば、おれは闇の仕置人」

そう言って、中里は刀の柄に手をかけた。

そのとき、村上が手にした提灯を川岸の叢へ投げた。同時に、バッと村上が中里の脇に走

った。茂蔵と左近も動いて、岩井の左右に立った。

提灯が燃え上がり、対峙した男たちの姿を炎で照らし出したが、すぐに火勢がおとろえ、黒幕を下ろすように夜陰がつつみ込んでいく。

提灯が燃え尽きたとき、背後で足音が聞こえた。見ると、男たちが疾走してくる。五人だった。すでに四人は抜刀しているらしく、刀身が月光を反射《はね》て夜陰に銀蛇のようにひかった。

「お頭、後ろから敵が！」

茂蔵が声を上げた。

「かかったな。うぬら、皆殺しにしてくれるわ」

中里の両眼が猛虎のようにひかり、顔が怒張したように見えた。

「われらをおびき出すための罠か」

岩井は中里に対峙すると、

「左近、茂蔵、後ろからの敵を食い止めろ」と命じた。

「承知」

茂蔵が一声上げ、左近とともに背後からの敵を食い止めるべく後方へ走った。その場に残ったのは、岩井ひとりである。

「まいるぞ」

岩井は抜刀した。この場を切り抜けるには、先に中里を始末するしかないと踏んだ。幸い、中里たちは弥之助に気付いていない。中里と村上の背後に、弥之助が迫っているはずである。

「うぬは、おれの手で仕留める」

中里も抜いた。

すると、村上が岩井の左手にまわり込んできて、切っ先を岩井にむけた。村上も手練である。その切っ先には、そのまま突いてくるような威圧があった。

村上が身を寄せて斬撃の間境に迫ったときだった。ふいに、グワッという呻き声を上げて、村上が身をのけ反らせた。弥之助の鉄礫《つぶて》が背中に当たったのである。

村上はよろめいたが倒れず、足を踏ん張って反転した。

「おのれ！　姿を見せろ」

村上は怒号を上げ、鉄礫の飛来した方向に刀身をむけて身構えた。弥之助に応戦するつもりらしい。

そのとき、中里の背後で震えながら様子を見ていた久右衛門が、悲鳴を上げて逃げ出した。後を追う者はいなかった。パタ、パタと草履の音がしたが、ふいに、夜陰を裂くような絶叫が上がった。そして、久右衛門は悲鳴を上げながらよろよろと歩き、路傍にうずくまるように倒れた。

弥之助の鉄礫の攻撃を受けたのである。いっとき、久右衛門の悲鳴が夜陰のなかで切れ切れに聞こえていたが、それも聞こえなくなった。

「中里、これでふたりだけだな」

岩井は青眼に構え、中里との間合をつめ始めた。

「望むところだ！」

声を上げ、中里は下段に構えた。

奇妙な構えだった。切っ先が地に付くほど刀身を下げ、両足を八の字にひらいて左足を大きく引いている。馬庭念流独特の下段である。

5

左近と茂蔵は、五人を迎え撃つべく走った。

四人の武士体の男は襷で両袖を絞り、袴の股だちを取っていた。いずれも剣の遣い手らしく、走り寄る姿に隙がなく動きも敏捷だった。町人体の男は、匕首を手にしていた。

……藤堂だ！

ひとりの武士の顔に見覚えがあった。日本橋川沿いで立ち合いを挑んできた藤堂伸三郎である。右頬に刀傷があった。左近の切っ先を受けた傷である。

左近と茂蔵は足をとめ、神田川を背にして並んで立った。背後からの攻撃を避けるためである。

ばらばらと走り寄った五人は左近と茂蔵をとりかこむように立ち、切っ先をむけた。いずれも殺気だった目をしている。

左近はすばやく視線をまわした。まともにやりあったら太刀打ちできない。腕のある集団を相手にしたときは、それぞれの力量と動きを読み、こちらも動きながらひとりずつ斃すしか手はなかった。

……遣い手は、藤堂と丸顔の男だ。

他の三人は、それほどでもないと読んだ。

左近は名を知らなかったが、丸顔の男は馬場である。馬場は茂蔵の右手にいた。茂蔵に斬り込むつもりのようだ。

「この男は、おれが斬る。手を出すな」

藤堂が、強い口調で言った。

その声に、左近の左手にいた頤のはった眉の濃い男が後じさった。菊池である。

「立ち合いか」

左近が言った。

「いかにも、うぬと決着をつけたい」

そう言って、藤堂が青眼に構えた。

ふたりの間合は、およそ三間半。遠間だった。

左近も青眼に構え、切っ先を低くして藤堂の胸につけた。だが、左近には藤堂と尋常に立ち合う気はなかった。

……茂蔵があやうい。

と、左近はみたのである。

左近が藤堂とやり合っている間、茂蔵は四人の男を相手にせねばならない。しかも茂蔵は素手である。柔術の達者で鎖帷子を着ているとはいえ、四人が相手では勝ち目がない。

左近は、まず茂蔵の左手前方にいる男を斬ろうと思った。左近の右手前方である。この男は、染谷だった。もうひとり、寅次は茂蔵の正面ですこし下がり、匕首を構えていた。怯えた様子はなく、野犬のような目をして茂蔵を睨んでいる。町人だが、あなどれない。

左近は切っ先をかすかに上下させ、横手斬りの太刀を遣うとみせながら、すこしずつ右手へまわった。

そして、染谷が茂蔵との間合をつめようとして一歩踏み込んだ瞬間をとらえた。

突如、左近は染谷の前に疾走した。

ふいをつかれた染谷は、体を引きざま刀身を振り上げた。

刹那、左近は胴を薙ぎ払い、染谷の脇をすり抜けていた。一瞬の斬撃である。

染谷は腹を裂かれ、両膝を地べたについた。左手で押さえた腹から臓腑が溢れている。染谷は獣の唸るような声を上げてうずくまった。

左近の動きはとまらなかった。

イヤアッ！

裂帛の気合を発し、飛鳥のように寅次に斬りかかった。

寅次の左腕が落ちた。

横に払った左近の刀身が、左腕を切断したのである。

左近が仕掛けるのとほぼ同時に、藤堂、馬場、茂蔵の三人も動いていた。

藤堂がすばやい動きで、左近の左手から袈裟に斬り込んできた。鋭い斬撃である。

左近が寅次の腕を斬り落とした直後、藤堂の切っ先も左近の左肩をとらえていた。

が、にぶい金属音がし、藤堂の切っ先が左近の左肩でとまった。

「着込みか！」

藤堂は叫びざま、背後に跳ね飛んだ。

その脇で、腕を切断された寅次がヒイヒイと声を上げた。目をつり上げ、歯を剝き出している。寅次は匕首を捨て、斬られた腕を右手で押さえながら後じさった。指の間から血が流れ落ちている。

一方、茂蔵は両腕で頭をおおうようにして馬場に突進した。巨軀の茂蔵が背を丸くして突進する姿には巨岩のような迫力があった。

が、馬場は臆さなかった。馬場も剣の手練である。

タアッ！

甲声を発し、青眼から茂蔵の頭上に斬り込んだ。

その斬撃を茂蔵は右腕で受けた。にぶい金属音がして、馬場の刀身はとまった。

「うぬも、着込みを！」

馬場が叫んだ。

茂蔵が馬場の眼前で、スッと身を低くした。ふたりの体が密着したように見えた瞬間、馬場の体が虚空へ飛び、地響きをたてて仰向けにたたきつけられた。

「もらった！」

一声上げて、茂蔵は仰向けに倒れた馬場に飛び付き、腹に拳をたたき込んだ。

馬場は一撃で失神した。

その茂蔵の前に、菊池がまわり込んできた。

「これで、一対一だな」

茂蔵は両腕を前に突き出して身構えた。

顔が赭黒く染まり、両眼が猛虎のようにひかっている。恵比寿のような福相が、閻魔のように豹変していた。

6

そのとき、岩井は中里と対峙していた。

中里は切っ先が地に付くほどの低い下段に構え、ジリジリと間合をせばめてきた。下から突き上げてくるような異様な迫力がある。

……できる！

岩井は身震いした。だが、怯えではなかった。強敵と対峙したときの武者震いである。

岩井は身を引かなかった。どっしりとした大きな構えで、中里の寄り身を見すえている。全身に気勢がみながり、切っ先に気魄がこもっていた。

中里が斬撃の間境の手前で寄り身をとめた。ふたりは静止したまま塑像のように動かない。両者は激しく気で攻め合っていたが、先に中里が仕掛けた。

ふいに、刀身を上げて腹を突いてくる気配を見せたのである。

タアッ！

短い気合を発し、岩井が中里の切っ先をちいさくはじいた。

刹那、ふたりの体が躍動し、鋭い気合とともに二筋の閃光が疾った。

踏み込みざま中里が袈裟に、岩井は突き出すように中里の籠手《こて》へ斬り込んだ。

岩井の左肩に疼痛《とうつう》がはしった。

中里の右前腕からも、血が流れている。

だが、ふたりとも深手ではなかった。敵の切っ先で肌を裂かれただけである。

ふたりは一合し、背後へ飛んで、ふたたび下段と青眼に構え合った。

「初手は互角か」

岩井が低い声でつぶやいた。全身に気勢が満ち、その体がひとまわり大きくなったように見えた。大地に盤根《ばんこん》を張った大樹のような構えである。

「次は、その首を落としてくれるわ」

中里は岩井を睨むように見すえて言った。双眸が炯々とひかり、猛々《たけだけ》しい気魄が全身にみなぎっている。猛虎のようである。

剣術では、敵に勝つ機会として三つの先《せん》があるといわれている。先（仕掛け技の機）、後《ご》の先《せん》（応じ技の機）、先々の先《せんせんのせん》（相打ちの技の機）である。

岩井のどっしりした静かな構えは後の先、中里の猛々しい構えは先を狙っているといえる。

つ、つ、と中里が間をつめてきた。手首から滴り落ちた血が、地面に黒い筋を引いている。

中里はすぐに仕掛けてきた。斬撃の間合へ入るや否や、岩井の刀身を下から撥ね上げたのである。

鋭い金属音とともに、岩井の刀身が撥ね上がった。

刹那、中里が突いてきた。

が、岩井はこの刺撃を読んでいた。いや、読んでいたというより、体が無意識に反応したといった方がいい。岩井は撥ね上げられた刀身を、背後に身を引きながらも袈裟に斬り下ろしたのである。

中里の切っ先が岩井の脇腹をかすめた。が、肌には触れなかった。岩井の切っ先は中里の肩口から胸にかけて斬り裂いた。

中里は獣のような呻き声を上げて、後じさった。着物が斜に裂け胸が真っ赤に染まっている。

岩井はこの機を逃さなかった。

激しい寄り身で一気に斬撃の間に入り、さらに二の太刀をふるった。

岩井の手に肉を裂く手応えがあり、中里の体がのけ反った。もう一太刀あびせようと、踏み込んだとき、ふいに中里の姿が視界から消えた。

背後に身を引いたとき、川岸の土手から足を踏み外したのだ。

ザザザッ、と急斜面の叢をすべる音がし、中里の体が汀まで落ちた。つづいて、水際の葦《あし》を踏みつぶすような音と、バシャ、バシャ、と水音がしたが、すぐに静かになった。

……仕留めたか！

岩井は土手際から下を覗き込んだ。

夜陰につつまれていたが、月光で汀や葦は識別できた。人の動く気配はない。川波の音と風に揺れる葦の音しか聞こえなかった。川面は月光を映して淡い銀色にひかっている。

そのとき、弥之助が走り寄ってきた。

「お頭、大事ございませぬか」

「わしは大事ないが……」

岩井はなおも岸辺に目をやったが、人の気配はなかった。岩井は顔を上げて、

「もうひとりの男はどうした」

と、弥之助に訊いた。

「仕留めました」

弥之助が後方の路傍を指差した。

見ると、男がひとり土手際の叢につっ伏していた。首筋と背中がどす黒い血に染まっている。

そのとき、茂蔵は菊池と体を密着させ、両腕を背中にまわして締め上げていた。菊池の切っ先で額を裂かれ、顔面が血まみれだった。顔がどす黒く染まり、カッと瞠《みひら》いた目がぎらぎらとひかっている。凄まじい憤怒の形相である。

茂蔵は両腕に渾身の力を込めて締め上げた。菊池の体が反り返り、ぎしぎしと骨が鳴った。菊池は目尻が裂けるほど目を剝き、喉のつまったような呻き声を上げて身をよじった。だが、万力で締め上げられたように身動きできなかった。菊池の顔が赭黒く怒張し、口元から泡が垂れた。

複数の骨の折れるにぶい音がし、ガクッと菊池の首が後ろにかしいだ。そして、萎《しお》れたように全身から力が抜けた。

絶命したようだ。臓腑が破裂したのか、剛腕に肋骨や背骨が折れて刺さったのか、いずれにしろ茂蔵に絞め殺されたのである。

左近は藤堂と対峙していた。すでに何度か斬り合い、藤堂の肩口や腕にはうすい血の色があった。左近の顔にも傷があった。だが、いずれもかすり傷である。

そのとき、茂蔵が藤堂の右手に近寄ってきた。菊池を仕留め、左近の助勢に来たのである。

「これでは、立ち合いにならぬ」

藤堂が後じさりながら言った。

さらに、茂蔵の背後から岩井と弥之助が近付いてきたのだ。敵は影目付四人ということになる。

「この勝負、あずけたぞ」

そう言い置くと、藤堂は反転して駆け出した。

左近は切っ先を下げた。後は追わなかった。すると、背後から走り寄ってきた弥之助が、

「逃がさぬ」

と声を上げて、藤堂の後を追いはじめた。

「待て、弥之助」

左近がとめた。

藤堂だけは大勢で取り囲んで斬りたくない、と左近は思ったのだ。藤堂は武士として、ひとりの剣客として左近と立ち合おうとしていた。左近もまた藤堂とは尋常に勝負してみたいと思ったのである。

「追えば、仕留められますぜ」

足をとめた弥之助が怪訝そうな顔で振り返った。

「やつの名も正体も分かっているのだ。ちかいうちに、かならずおれが斬る」

左近が語気を強めて言った。

弥之助はうなずいた。左近の胸の内を察したようだ。

それから、岩井たち四人は討ち取った男たちを確認した。四人だった。寅次は血まみれになって路傍にへたり込んでいた。もうひとり茂蔵に当て身をくらった馬場は失神したまま横たわっていた。

左近が、ふたりにとどめを刺した。そして、山城屋だけを残し、五人の死体を神田川に流した。岸辺の浅瀬に流れついたり桟橋の杭にひっかかる死体もあるだろうが、町方が引き揚げて調べても、岩井たちが疑われることはないはずである。

山城屋の死体には刀傷をつけ、ふところから財布を抜いておいた。そうしておけば、辻斬りか追剝ぎの仕業とみるであろう。

「お頭、中里の死体がありませんが？」

左近が訊いた。

「たしかに手応えはあったのだが、死体が見当たらぬ。水音がしたので、流されたのであろう」

念のため、岩井は弥之助とともに水際まで下りてみたが、中里の死体は見つからなかった。

「長居は無用」

岩井は足早にその場を離れた。

左近、茂蔵、弥之助の三人もその場から散った。

第六章　割腹

1

シトシトと雨が降っていた。朝から空はどんよりと曇り、小糠雨《こぬかあめ》が降りつづいている。あけたままの障子のむこうに、新緑をつけた欅《けやき》が見えた。晴天なら新緑が燃えるように輝いているのだが、いまは淡い灰色の紗幕《しゃまく》でおおわれているように見える。

神田川沿いの道で四人の影目付とやり合って、三日経っていた。この日、藤堂は居間に座したまま、小雨にけむる屋外に目をむけていた。

その鬱陶しい屋外の景色のように、藤堂の胸の内は暗く重かった。

「おまえさま、お茶を淹れましょうか」

繕い物をしていた幸江が声をかけた。

「そうしてくれ」

藤堂がそう言うと、幸江は繕い物を脇に置いて立ち上がった。

台所へ向かう幸江の背を見送ると、藤堂はまた欅に目をやった。別に欅を見ていたわけではない。ただ、屋外に目をむけていただけである。

……恐るべき手練たちだ。

藤堂は、かるい戦慄を覚えた。

中里をはじめ闇仕置と呼ばれる者たちが、四人の影目付に斬殺されてしまったのだ。生き延びたのは藤堂だけである。

……これでまた、牛馬のごとき暮らしにもどったわけだ。

と、藤堂は思った。

中里が殺されたことで、藤堂の仕官の話も立ち消えになったことはまちがいなかった。

このことは、まだ幸江に話していなかった。いずれ、話さねばならぬと思っていたが、落胆する姿を見たくなかったのである。まだ、中里から得た金が残っていたので、しばらくは食いつなぐことができるはずだ。

……さて、どうしたものか。

藤堂は自問した。

今後の暮らし方を考えるより先に、影目付のことが頭にひっかかっていた。中里が死んだので、このまま影目付とのかかわりを断って、一介の素牢人として生きていくことはできる。

だが、それでは武士としての一分《いちぶん》がたたなかった。とくに、二度剣を交えた牢人体の男と勝負を決しなければ、剣客としての矜持も失うことになる。

……どのように落ちぶれても、おれは武士として生きたい。

藤堂は胸の内でつぶやいた。

そのとき、障子があいて、幸江が茶道具を持って入ってきた。

藤堂は幸江が痩せた細い指で、湯飲みを藤堂の膝先に置くのを見つめながら言った。

「幸江、話がある」

「何でしょう」

幸江は湯飲みを手にしたまま藤堂に顔をむけた。苦労のせいか、痩せた顔が歳より老けて見える。

「おまえも気付いていようが、おれの任務は危険がともなう」

「…………」

幸江は不安そうに眉宇を寄せた。

藤堂が傷を負ってきたのは、二度だった。一度目は右頬を、そして三日前は肩口と腕である。いずれもかすり傷だが、幸江にも刀傷であることは分かったはずだ。二度とも、要人の警護のおり、狼藉者を討ち取ろうとして負ったものだと話してあったが、幸江は信じていないようだった。

「万が一ということもある。おれが死んだら、幸江は実家にもどれ」

藤堂がそう言うと、幸江は目を剝いて藤堂を見た。

いっとき、食い入るように藤堂の顔を見つめていたが、ふいに顔をひき攣らせ、激しく身を顫わせながら藤堂の右手をつかみ、

「い、嫌でございます。幸江は、おまえさまといっしょに死にます」

と、声を震わせて言った。

細い腕に、こんなにも力があるのかと驚くほど強い力だった。

藤堂はされるがままになっていた。幸江の気持は藤堂にも分かった。長い間、幸江はこの家で藤堂と苦楽を共にしてきたのである。

だが、幸江には行き場があった。幸江の家は八十石の御家人だった。すでに、兄が家を継ぎ嫁をもらっていたが、まだ子供はなく、父母も健在だった。幸江がひとりになれば、引き取ってくれるはずである。

「お、おまえさま、仕官などやめてください」

ふいに、幸江が目をつり上げ、つかんだ藤堂の右腕を激しく揺すった。

「どんなに、暮らしは貧しくともいい。……おまえさまの身があぶないようなお役目なら、どうか、おやめになってください。幸江は、おまえさまがそばにいてくれさえすれば、水粥

をすってでもこの家で生きていきます」

　幸江は思いの丈を絞り出すように言った。

　藤堂は虚空に目をとめて黙って聞いていたが、

「おれも、貧しさには耐えられる。だが、武士としての一分を捨ててまで、生きていようとは思わぬ」

　そう、諭すように言った。

「………」

　幸江は急に顔をしかめた。いまにも泣きだしそうな顔をしたまま歯を食いしばって嗚咽《おえつ》に耐えている。

「万が一の話だ。おれは、滅多なことでは死なぬよ」

　藤堂は声をやわらげて言った。

　それを聞くと、幸江は藤堂の腕から手を離し顔を伏せたが、急に泣きだした。細い肩を揺らしながら、クックッと喉の奥がつまったような嗚咽を洩らした。

「仮の話で泣くやつがあるか」

　そう言って、藤堂は湯飲みを手にして冷えた茶をすすった。ただ、冷たさを感じただけで何の味もしなかった。

藤堂は、自分が死んだら、幸江は自害するかもしれないと思った。

……それでも、あの男と立ち合わねばならぬ。

と、藤堂は胸の内でつぶやいた。

屋外で雨音が聞こえた。さっきより、雨足が強くなったようである。座敷のなかに薄闇が忍び込んでいた。まだ、夕暮れどきではなかったが、雲が厚くなったせいであろう。

藤堂は暗く重い闇が、ふたりをつつんでいるような気がした。

2

左近は腰高障子をあけて外へ出た。陽が沈み、辺りは淡い暮色につつまれていた。長屋のあちこちから引き戸をしめる音や瀬戸物の触れ合う音にまじって、子供の声や母親の声、仕事から帰った亭主の声などが聞こえてきた。長屋は夕暮れどきのいつもの喧騒につつまれている。

左近は日本橋川沿いの吉盛屋に一杯やりに行くつもりだった。左近は神田川沿いで藤堂とやり合ってから、甚兵衛店にもどっていた。藤堂が立ち合いを挑んでくることは分かっていたが、あえて姿を隠さなかったのである。

……あやつとは、決着をつけねばならぬ。

左近は、どうせなら早い方がいいと思っていたのだ。

日本橋川沿いの道へ出ると、左近は通りに目をやった。藤堂が挑んでくるとすると、以前立ち合ったことのあるこの通りではないかと思ったのだ。

鎧之渡が右手に見えてきた。通りは暮色に染まり、ひっそりとしていた。ときおり、船頭や出職の職人らしい男などが足早に通り過ぎていったが、人影はほとんどなかった。

吉盛屋の灯が遠方に見えてきた。右手の川岸の柳の陰に人影があった。

……藤堂だ！

その体軀に見覚えがあった。まちがいなく藤堂である。他に人影はなかった。藤堂ひとりだった。左近と立ち合うつもりで、待っていたようである。

左近はゆっくりと歩を進めた。

十間ほどに迫ったとき、藤堂が樹陰から通りへ出てきた。顔に表情がなく、目にも殺気だった色がなかった。以前この場で立ち合ったときの獲物を待ち構える獣のような雰囲気は消えている。

「待っていたぞ」

行く手に立ちふさがった藤堂が静かな声音で言った。

「どうあっても、やるつもりか」

「このまま引き下がるわけにはいかぬ」

「やむをえんな」

「うぬの名は」

藤堂が訊いた。立ち合う前に、名を訊いておきたかったのだろう。

「宇田川左近、元御徒目付だが、ゆえあって致仕した」

左近は隠さなかった。この男には素性が知れてもよいと思ったのだ。

「似たような境遇だな」

藤堂は口元にかすかな笑みを浮かべた。

ふたりは両手をだらりと垂らし、おだやかな声で話していた。殺気だった雰囲気はまるでなかった。通りかかった者の目には、路傍で出会った知己が親しく話しているように映ったかもしれない。

「抜き合う前に、訊きたいことがある」

左近が言った。

「なんだ」

「うぬも闇仕置なのか」

藤堂だけは他の闇仕置たちとはちがう、と左近は感じていた。

「われらが闇仕置と呼ばれる刺客であることは、知っている。ただ、おれは武士として大義のない殺人剣はふるいたくなかった。……それゆえ、尋常な剣の立ち合いを挑んだのだ」

「つまらぬ意地だな」

剣も武士らしい生きざまも必要ない。幕臣としての立身出世は、賄賂と追従次第である。武士の一分など捨てかからねば、武士らしく生きられぬ世なのだ。

「問答無用」

言いざま、藤堂が抜刀した。

藤堂の体から鋭い剣気が放射され、ふたりの間に緊張がはしった。

「まいる」

左近もゆっくりと抜き、切っ先を藤堂にむけた。

ふたりの間合は、およそ三間半。相青眼に構え合った。この川沿いの通りで、切っ先を合わせたときと同じ構えである。

左近の刀身は低く、切っ先が藤堂の胸部につけられ、藤堂の切っ先は左近の左目につけられていた。

左近は横面斬りを遣うつもりだった。左近は肩の力を抜き、切っ先をかすかに上下させた。

切っ先を動かすのは敵をまどわすためと、一瞬の斬撃の起こりを迅速にするためである。

藤堂は趾を這うようにさせて、すこしずつ間を寄せてきた。剣尖がふくれ、眼前に迫ってくるような異様な威圧感があった。気魄で攻めているのだ。

左近は気攻めで応じなかった。むしろ、全身から気を抜いてゆったりとし、遠山の目付で藤堂の全身を見ていた。

藤堂の剛、左近の柔。烈風と、風のままに流れる柳枝のようである。

一寸、二寸と藤堂の爪先が斬撃の間境に近付いてきた。痺れるような剣気が両者をつつんでいる。

イエエッ！

ふいに、藤堂の口から猿声のような気合がほとばしり出た。まだ、斬撃の間の手前である。と、藤堂は一歩踏み込みざま、青眼から八相に振りかぶった。刹那、藤堂の全身から鋭い剣気が放射された。

……くる！

察知した左近は、刀身をさらに沈めた。下から、藤堂の斬撃を撥ね上げようとしたのである。

瞬間、藤堂の体が躍り、閃光が疾った。

八相から袈裟へ。まさに、稲妻のような斬撃だった。

同時に、左近は身を引きざま刀身を撥ね上げた。

キーン、という甲高い金属音とともに青火が散り、ふたりの刀身が上下に跳ねた。間髪をいれず、ふたりは二の太刀をふるった。両者とも敵の初太刀を読み、二の太刀に勝負を賭けたのである。

左近は刀身を返して横面へ払い、藤堂は左近の脇腹を狙って逆袈裟に斬り上げた。

次の瞬間、ふたりはバッと背後に跳んだ。そして、大きく間合を取り、ふたたび相青眼に構え合った。

左近は脇腹に疼痛を感じた。着物が裂け、肌に血の色があった。だが、皮膚を浅く裂かれただけである。

一方、藤堂の右肩口にもかすかに血の色があった。すこし低く入った左近の切っ先が、肩を浅くとらえたのである。

3

「今日は、着込みはなしか」

藤堂が低い声で言った。左近を見つめた双眸が白くひかっていた。勝負に徹した凄烈な剣客の面貌《おもて》である。

「うぬとは、剣のみで勝負したかったのでな」

左近にも雑念はなかった。藤堂との勝負に徹していた。

「望むところだ」

そう言うと、藤堂はふたたび間合をつめてきた。

今度は寄り身が速かった。つ、つ、と足裏をするようにして間合を寄せてくる。斬撃の間境に迫るなり、藤堂はすぐに仕掛けてきた。

青眼から八相に振り上げ、袈裟へ。同時に、左近は下から刀身を撥ね上げた。さきほどと同じ太刀筋だが、両者の二の太刀がちがっていた。

ふたりとも敵の正面へ斬り込んだのである。ふたりの顔面で刀身が合致し、鍔ぜりあいになった。

数瞬、ふたりは力を込めて押し合っていたが、ほぼ同時に背後に跳んだ。

そこからの両者の動きは迅かった。

左近が流れるような体さばきで、籠手斬りから横面へ薙いだ。藤堂は左近の籠手斬りをはじき、二の太刀を袈裟へ斬り込んだ。

左近の肩先の着物が裂け、血が流れ出た。だが、手は自在に動く。それほどの深手ではない。

一方、藤堂の額に血の線がはしり、血が筋を引いて鼻筋へつたっていた。

「まだだ、こい！」

藤堂が叫んだ。

額から血が幾筋も流れて、顔を縞模様に染めていた。目がつり上がり、刹鬼《せっき》のような形相だった。

藤堂は八相に構えた。切っ先で天空を突き上げるような高い八相である。そのまま斬り込んでくる気配があった。藤堂はすさまじい闘気を放射し、全身がふくれ上がったように見えた。

一方、左近は切っ先を敵の目線につける青眼に構えた。横面斬りでなく、敵の斬撃に応じて斬り込むつもりだった。

藤堂がすり足で、一気に間合を寄せてきた。一撃必殺の気魄が全身にみなぎっている。

イヤアッ！

藤堂が斬撃の間境の手前で裂帛の気合を発し、斬り込んできた。

八相から袈裟へ。気攻めも牽制もない唐突な仕掛けだが、すさまじい斬撃だった。

刹那、左近は背後へ跳びながら横一文字に刀身を払った。左近の手に骨肉を断つ重い手応えが残った。

両者は一合し、さらに後ろへ引いて対峙したが、藤堂はつっ立ったままだった。右腕がだらりと垂れ下がり、二の腕から血が流れ落ちていた。皮肉の一部を残して、左近に切断されたのである。

左近の着物も肩口から胸にかけて斜に裂けていた。が、切っ先は肌までとどいていなかった。紙一重の差だった。背後へ跳んだ左近の動きが一瞬迅かったのである。

藤堂の右腕から流れ落ちる血の音が聞こえた。藤堂は目をつり上げ、口をひき結んでつっ立っている。

「これまでだ」

藤堂は一声上げると、日本橋川の土手際へどかりと腰を下ろした。

そして、左手で小刀を抜いた。自裁するつもりらしい。

「待て、血をとめれば命は助かる」

左近がとめた。

「笑止。片腕では船荷も運べぬ。牛馬の暮らしもできぬわ」

藤堂は吐き捨てるように言った。

「…………」

左近は二の句が継げなかった。牢人暮らしがいかに過酷であるか、左近も知っていた。片腕では力仕事もできないだろう。

「宇田川、頼みがある。亀井町に幸江という妻がいる。おれが武士らしく腹を切ったと話してくれ」

藤堂は左近を睨むように見すえて言った。

「それから、実家に帰れ、と言っていたとも伝えてくれ」

藤堂の右腕から血が流れ落ちていた。顔も体も血まみれで、どす黒く染まっていた。両眼だけが、白くひかっている。

「分かった」

左近はうなずいた。

「介錯《かいしゃく》を頼む」

藤堂は手にした小刀を脇へ置くと、左手で襟をひろげて腹を露出させた。

藤堂の切腹をとめることはできない、と左近は思った。

「おれの刀で斬ってくれ。大和守安定だ。よく斬れる」

「承知」

左近はかたわらに落ちている藤堂の刀を手にした。

安定の鍛刀は大業物《おおわざもの》として知られていた。二尺六寸。刃こぼれひとつない。刀身の地肌は杢目肌《もくめはだ》で冴えがあった。拵《こしら》えは無骨で質素だが、よく斬れそうな刀である。

藤堂は座りなおすと、左手に小刀を握った。

すばやく左近は安定を高い八相に構えた。しだいに剣気が高まり、左近の面貌《おもて》が朱を掃いたように染まってくる。

藤堂は小刀を手にしたまま虚空を凝視していたが、意を決したように息を吸い込むと切っ先を腹に当てて突き刺した。

刹那、左近の手にした安定が一閃した。

にぶい骨音がして藤堂の首が前に垂れ、首根から血が疾った。血管《ちくだ》から奔騰した血は、まさに疾ったように左近の目に映ったのだ。

血は三度ほとばしり出たが、後は首根から流れ落ちるだけになった。

藤堂の首は前にぶら下がったままだった。喉皮を残して斬首したので、首は飛ばなかったのである。

しばらくすると、首根からの出血がとまった。藤堂は首を垂らしたまま座している。

左近は藤堂のもとどりを切って、ふところに入れた。そして、藤堂の死体を川岸へ運び、愛刀の大和守安定とともに水中に投じた。藤堂は己の惨めな姿を野次馬たちの好奇の目にさらすのを好まないはずだと、左近は思ったのである。

藤堂の死体は、今夜のうちに日本橋川から大川へ流れ出、江戸湊に沈むだろう。

翌日、左近は藤堂のもとどりをふところに入れて、亀井町へむかった。幸江という藤堂の妻女に、遺言を伝えるためである。

藤堂の住居はなかなか分からなかった。それでも亀井町で、酒屋、八百屋、魚屋など妻女が立ち寄りそうな店をまわって聞き歩くと、やっとそれらしい家が知れた。

借家らしい古い家だった。引き戸をあけると、土間のつづきの居間らしい座敷で女がひとり、つくねんと座って縫い物をしていた。

女は引き戸のあく音を聞くと、すぐに腰を浮かせて左近の方を見た。おそらく、藤堂が帰ってきたと思ったのであろう。一瞬、顔に安堵したような表情が浮いたが、すぐに不安そうな翳がおおった。

「幸江どのでござろうか」

左近が訊いた。

「あなたさまは」

幸江はそばに来て、上がり框《かまち》のそばに膝を折った。

痩せた女だった。三十がらみであろうか。若いころは色白の美人だったのかもしれないが、いまはやつれて見る影もなかった。肉をえぐりとったように頰がこけ、頰骨や顎が突き出ていた。左近にむけられた物悲しそうな目が、不幸な歳月を物語っている。

「藤堂どのと同門だった者にござる」

左近は適当に言いつくろった。名乗ることも、素性をあかすこともできなかった。

「うちの人に、何かあったのでしょうか」

幸江は震えを帯びた声で訊いた。

左近はふところから懐紙に挟んだもとどりを取り出し、

「藤堂伸三郎どのは、武士らしくみごとに腹を切って果てました」

と、幸江の膝先に置きながら言った。

一瞬、幸江はヒイと喉のつまったような悲鳴を洩らし、雷にでも打たれたように体を硬直させた。そして、いっとき膝先のもとどりを凝視していたが、細い指を伸ばしてつかむと、両手で胸に抱きしめた。そして、身を激しく顫わせ嗚咽を洩らした。

左近は黙って幸江を見ていたが、

「藤堂どのからの遺言がある」

と、静かな声音で言った。

その声に、幸江は嗚咽をこらえながら顔を上げた。

「幸江どのが実家にもどられるよう、藤堂どのは今わの際にもうされた」

左近がそう言うと、幸江は急に顔をゆがめ、もとどりを顔に押し当てて、また嗚咽を洩らした。

幸江はなかなか顔を上げなかった。身をもむようにして、泣きつづけている。

左近はきびすを返した。それ以上言うことはなかったし、幸江にしてやれることもなかったのだ。

左近が戸口から出ようとすると、

「か、勝手でございます。わたしだけ、残して死ぬなんて……」

嗚咽の合間に、幸江の悲痛な声が聞こえた。

左近は振り返らなかった。そのとき、左近の胸に、幸江は実家にもどらず自害するかもしれないという思いがよぎった。

4

碁盤を前に置いて、茂蔵と岩井が対座していた。脇から左近が碁盤を覗き込んでいる。

三人がいるのは、亀田屋の離れである。ときどき、茂蔵と岩井は碁石を碁盤に置くが、碁を打っているわけではない。女中のおまさが茶を運んできたので、それらしく振る舞っているだけである。

おまさが座敷から去り、下駄の音が遠ざかると、

「それで、幸江という女はどうなったのだ」

と、岩井が訊いた。

左近が藤堂を斬って半月ほど過ぎていた。すでに左近は、岩井に藤堂を斬ったことは伝えてあった。今日、亀田屋に顔を出した岩井に、藤堂には幸江という妻女がいたことをあらためて話したのである。

「分かりませぬ」

左近は幸江と会ってから五日後、もう一度亀井町に行ってみた。家の引き戸はしまったままで、幸江の姿はなかった。

近所の者に訊くと、幸江は二日前に家を出たままもどってこないという。どこへ行ったかは、近所の者も知らなかった。

実家にもどったのか、それとも別の場所で自害したのか。いずれにしろ、左近はそれ以上幸江にかかわるつもりはなかった。

「そうか」

岩井はそう言っただけで、碁盤の上の黒の碁石をつまみ、

「過ぎてしまったことだ。われらにとっては、藤堂も幸江も通りで偶然出会った男女にすぎない」

と、つぶやくような声で言った。

「お頭、桐島はどうなりました」

茂蔵が話題を変えるように訊いた。

「腹を切ったよ」

岩井によると、山城屋から持ち出された帳簿や書付けが御目付の渋谷の手に渡ったことを知った桐島は、詮議される前に自邸で切腹したという。

「観念したわけですか」

「いや、そうではないな。出羽守と板倉の差し金だろうよ」

岩井はふたりを呼び捨てにした。敵の首魁としてみていることもあったが、それよりもふたりの狡猾《こうかつ》さが腹立たしかったからであろう。

わしの推測だが、と前置きして、岩井が話しだした。

忠成と板倉は、桐島が詮議され、自分たちの名を出すことを恐れて切腹を迫ったのではな

いかという。

おそらく、板倉が桐島に会い、倅に家を継がせることを持ち出して強引に切腹させたのであろう。

「すると、出羽守と板倉は無傷ですか」

茂蔵は不満そうな顔をした。茂蔵も、ふたりを呼び捨てにした。

「そうとばかりは言えない。ふたりとも、いつ自分たちが襲われるのではないかと怯え、城の行き帰りは、ことのほか警護を厳重にしているそうだ」

忠成たちは、賄賂の金蔓が断たれたことよりも、中里たち闇仕置が殲滅され山城屋が殺害されたことを恐れ、いつ自分の身に刺客の手が伸びるか、怯えているそうである。

「伊豆守さまはな、当分、出羽も板倉もおとなしくしているはずだ、とおおせられ、満足されていたよ」

岩井は中里たちを神田川沿いの通りで討ち取った後、信明と会っていた。

信明は岩井から話を聞くと、

「板倉だけでも処罰したかったが、まァ、これで、じゅうぶんだろう」

と言って、岩井たちの働きを褒めたという。

信明にすれば、初めから忠成の首を取るつもりはなく、桐島を通しての金の流れを断ち、闇仕置たちを抹殺することにあったのである。とくに闇仕置たちの抹殺は、いざとなればいつでも首を取れることを忠成や板倉に知らしめ、今後も強い圧力になるはずだという。

「面倒だ。出羽守も板倉も斬ってしまったらどうです」

茂蔵が言った。

「それはできぬ。ふたりの身辺には警護の者がいるだろうし、簡単には斬れぬな。それに、若年寄や御側衆が暗殺されたということになれば、幕閣は大きく揺れるだろう。とくに、出羽守は上さまの覚えがことのほかめでたいゆえ、下手をすると、老中として伊豆守さまも責任をとらねばならなくなるかもしれぬ」

そう言って、岩井は膝先の湯飲みに手を伸ばした。

「東山藩と根岸藩はどうなりました」

黙って聞いていた左近が口をはさんだ。

「とくに、幕府からの沙汰はないようだ。……ただ、伊豆守さまが両藩の江戸家老に会って釘を刺したので、出羽守や板倉とは距離を置くようになったらしい。もともと両藩とも、山城屋を通じて賄賂《まいない》を贈っていただけだからな。それほどの罪はない」

岩井が言った。

「山城屋も始末がついたようだし、こたびの件はこれで幕ですか」

茂蔵はさばさばした口調で言った。

その後、山城屋は店をしめたままだった。倅が店を継ぐようだが、幕府や諸大名からお出入りを禁じられて信用を失い、店の屋台骨は支えられないだろうというのが巷《ちまた》の噂だった。

「闇仕置か、強敵だったな。……それにしても、牧村稔二郎を失ったのは痛い」

岩井はそう言って、手にした湯飲みをかたむけた。その顔に憂いの色があった。牧村のことが胸をよぎったのであろう。

岩井の顔を見て、左近は藤堂と幸江のことを思い浮かべた。藤堂は武士としての一分を通すために死んだのだからいいが、残された幸江が哀れだと思った。勝手でございます、わたしだけ残して死ぬなんて……。そう言った幸江の悲痛な声が、胸を刺すようによみがえってきた。

幸江は大川にでも身を投じたのかもしれない、そう思ったとき、江戸湊の海底で死骸になってさまよっている藤堂と幸江の姿が左近の脳裏に浮かんだ。

……われらもまた哀れな亡者だ。

左近は胸の内でつぶやいて、茶を飲んだ。胸にしみるような冷たく苦い茶だった。

この作品は書き下ろしです。原稿枚数382枚（400字詰め）。

幻冬舎文庫

●好評既刊
影目付仕置帳　われら亡者に候
鳥羽　亮

大火で富を得た商人から奪った金を窮民に与える御救党。影目付はそこに幕政に絡んだ謀略が潜むことを突き止める。人知れぬ生業に命を賭した男たちの活躍を描く、白熱の書き下ろし時代小説。

●好評既刊
影目付仕置帳　恋慕《いろ》に狂いしか
鳥羽　亮

大奥御中臈・滝園のお付きの者は、なぜ相次いで水死体となって発見されたのか？　探索に乗り出した影目付は、やがて驚くべき奸謀に突き当たる。好評の書き下ろし時代小説、シリーズ第二弾。

●好評既刊
剣客春秋　里美の恋
鳥羽　亮

道場主・千坂藤兵衛の娘・里美は、ある日、ならず者に絡まれていた彦四郎を助ける。やがて彦四郎は門下生となるが、その素性には驚愕の事実が隠されていた。人気の江戸人情捕物帳第一弾。

●好評既刊
剣客春秋　女剣士ふたり
鳥羽　亮

千坂道場の主・藤兵衛とその娘・里美の元に、幼い姉弟が訪れた。ふたりの父親はかつての門弟。藤兵衛は、その父親の敵討ちの助太刀を懇願される。大人気の江戸人情時代小説、シリーズ第二弾。

●好評既刊
剣客春秋　かどわかし
鳥羽　亮

吟味方与力の子供が何者かにさらわれた矢先、油問屋に夜盗が押し入った。ほどなく臨時廻同心の愛息も姿を消し、事件の探索に乗り出した里美も消息を絶つ……。好評のシリーズ第三弾！

影目付仕置帳《かげめつけしおきちょう》

武士《もののふ》に候《そうろう》

鳥羽亮《とばりょう》

平成18年6月10日　初版発行
平成22年9月20日　5版発行

発行人――石原正康
編集人――菊地朱雅子
発行所――株式会社幻冬舎
〒151-0051東京都渋谷区千駄ヶ谷4-9-7
電話　03(5411)6222(営業)
　　　03(5411)6211(編集)
　　　振替00120-8-767643
印刷・製本―図書印刷株式会社
装丁者――高橋雅之

幻冬舎時代小説文庫

ISBN4-344-40803-9　C0193　と-2-11